JN056799

ぶら〜り文学の旅

村上政彦

鳳書院

はじめに

いつのころからだろうか、本を読むようになったのは。記憶を探っていくと、まだ小学生になるまでの実家の表で、『少年マガジン』を手にしていた光景がよみがえる。そのとき読んだ作品もはっきり覚えている。

地方のある旧家が舞台で、その家系の人間はやがて凶暴な犬になってしまうという変異をかかえていた。主人公が友人を訪ねていくと、犬の群れに襲われる。一頭だけ彼を護る犬がいた。それは変異した友人だった。犬に変異した友人が、悲しそうに遠吠えをするシーンが、まだ眼に見えるようだ。

同じころ、家族に連れられていった近所の家で、大人同士が話をしているあいだ、子どもの僕は、子ども向けの雑誌をあてがわれていた。こちらは、漫画よりも文字のほうが多かった。しかし、何を読んだかは覚えていない。

小学校へあがるころには、一人で本屋へ通うようになった。手にするのは、やはり漫画雑誌ばかりだった。しかし学年が進むにしたがって、文字の多い本が気になるようになった。

その本屋は、表の明るいところに漫画雑誌を置いて、奥の薄暗いところの棚に文学があった。やがて僕は、奥へ足を進めた。そこには小学生の読むやさしい童話などの児童文学ではなく、日本の、海外の、小説家が書いた本が並んでいた。

僕がいちばん最初に買ったのは、三島由紀夫の小説だったと思う。ちょうど彼が自衛隊の駐屯所の一室を占拠して、自衛隊員たちに決起を呼びかけ、切腹におよぶ事件があって、三島の名が世情を騒がせている最中だった。

僕の心に残ったのは、一人の青年剣士の、清らかな死を描いた短篇で、結末で彼の口から一筋の血が流れていたという描写である。いま思えば、僕はけっこう危ういところにいたわけで、そのまま三島にのめりこんでいったら、右翼少年になっていたかも知れない。

幸運なことに、奥の薄暗い棚には、三島だけでなく、太宰治、芥川龍之介、志賀直哉、谷崎潤一郎などの日本近代文学の大家たちの作品もあったし、ドストエフスキー、トルストイ、チェーホフ、フローベールなどの西洋近代文学の大家たちの作品もあった。僕と大家たちは、生きる時代も違っていたし、海外の大家とは生きる国も違っていたが、そこには人間がいた。物語があった。また、ページを開けば、自分とは違うものの見方や考え方があり、自分の生きている世界とは違う世界があると分かった。

本屋は、僕にとって世界に向かって開かれた窓だった。この窓から、アメリカやヨーロッパの風景を見て、そこに生きる人々の生活を知った。思想を知った。

いま町の本屋が減少している。町の本屋に育てられた身としては、残念でしかたがない。僕は日本文藝家協会という物書きの職能組合に所属しているが、この団体では若い人たちに読書を勧める運動をしている。

そのために、作家たちがＹｏｕＴｕｂｅで、いい作品を選んで朗読する動画を配信している。僕も参加しているので、できればご覧いただきたい。

新型コロナウイルスが日本ばかりか世界にまで広がって、移動が制限されるようになったとき、旅がしたい、と思った人は少なくないのではないだろうか。僕もその一人だったが、幸いなことに、僕には本があった。本を読む行為は、旅をすることに似ている。知らない風景や知らない人との出会いがある。

未知の何ものかとの出会いは、人の生き方を更新する。読書も旅も、人を成長させてくれる。そこでせめて、本を読むことで旅の気分をあじわっていただきたいと思って、僕が読んできた小説や詩を紹介させてもらうことにした。

まずは、日本全国を旅してみよう。北海道から沖縄まで、すぐれた文学作品を取り上げたつもりだが、好みもあるので、心許（こころもと）ないところもある。しかし読んでおもしろくない作品はないと思う。

いま僕は、海外を旅している。日本の旅が終わったら、ぜひ、ご一緒に。

村上政彦

ぶら～り文学の旅　もくじ

中部編

近畿編

中国・四国編

九州・沖縄編

「北海道・東北編」

ほっかいどう
北海道

『雪女』

和田芳恵

参考文献　『おまんが紅　接木の台　雪女』講談社文芸文庫

冷たくて、熱い、雪と肌(はだ)の感触(かんしょく)

まずは昭和とおぼしきころの北海道へ行きましょう。和田芳恵(よしえ)の短編小説『雪女』です。

和田は男性で、北海道山越(やまこし)郡長万部(おしゃまんべ)町字(あざ)国縫(くんぬい)の出身。ここは室蘭(むろらん)から函館(はこだて)にかけて、丸く海を包むようにできた内浦湾(うちうらわん)沿(ぞ)いの地域です。東に海があり、西に山がある。作品の主な舞台は、国縫村。「くんぬい」はアイヌ語からきているともいわれます。

彼は、大学で東京に出るまで、北海道で育ちました。それが作品に生かされている。

では、物語の世界へ。国縫村で荒物(あらもの)屋を営(いとな)んでいる原家。長男の仙一(せんいち)が、かっけで足が不自由になり、小樽(おたる)の中学校から帰ってくる。

やがて彼は中学をやめて、円通寺の住職の世話で、小樽の宮本印章店へ住み込みで奉公に出た。宮本の家は、子どもがいない。できれば、彼を養子にしたいと思っています。

仙一の母は再婚です。最初の夫は、商売に失敗して借金をつくって逃げてしまいました。それから間もなく再婚するのですが、仙一は月足らずで生まれます。世間の見方は、ははあ、逃げた夫の子だな、ということになる。

夫婦には勘太という男の子が生まれました。そのころから仙一は、父との間に、微妙な距離を感じるようになります。そこで彼は、勘太に、自分は養子になるから、原の家は、おまえが継いでくれと言う。

さて、物語は、だんだん頂点へ。仙一は、1週間の正月休みをもらって、2年ぶりにふるさとへ帰ってきます。彼は、足の悪い自分によくしてくれる、村の料理屋「丸大」の娘で、同級生の、さん子に求婚します。

このあとの結末は、国縫村という風土が招き寄せたのではないか。

二人は、いい雰囲気になる。周りは雪景色です。さん子は紅をさした燃えるような唇を向けて、眼をつぶる。そして、どさっと雪に倒れ込み、顔型をつくる。仙一に、私の顔のところに、顔を重ねてみるようにと言う。

仙一は、さん子の顔型に自分の顔を重ね、さん子さんは雪女のようだ、と思う。冷たくて、熱い、雪の感触が伝わってきます。

北海道という雪国の、懐かしい鄙びた村へ行った気分になれる短編です。

『津軽』

太宰治

参考文献　『津軽』岩波文庫

独特の風土と人情の郷愁

1944年（昭和19年）5月、太宰治は、ある書店の依頼を受けて、津軽を書くために東京の上野から夜行列車に乗りました。

皆さんは、津軽から夏祭りのねぷたや津軽三味線を連想されますか？しかし、太宰の旅は、観光客の物見遊山ではなかった。

津軽は、本州の北端部・青森県の西部。中心は弘前市ですが、太宰が生まれたのは、もう少し北の、いまの五所川原市です。

さらに津軽半島の最北端の、竜飛崎を含めて、自分の生まれ育った津軽という土地を、あらためて確かめることが、彼の目的でした。

津軽は日本海側気候で、雪が多い。作品の冒頭に『東奥年鑑』の「津軽の雪」の項目が掲げられています。

「こな雪／つぶ雪／わた雪／みず雪／かた雪／ざらめ雪／こおり雪」
――これほど〝豊かな〟雪が降る。

夜行列車で青森市に着いた太宰は、バスで津軽半島の東海岸を北上し、この外ケ浜と呼ばれる地域の、蟹の名産地・蟹田町に向かいます。そこには中学の友人・Ｎ君が暮らしている。彼が蔵している郷土史の文献によれば、津軽は、豊臣氏が滅亡した年から３３０年の間、ほぼ５年に１回の凶作に見舞われている。

Ｎ君は、太宰に蟹を馳走して、言います。

「こんな風土からはまた独得な人情も生まれるんだ」

その独特な人情を宿したのは、旅で出会った病院の事務長・Ｓさん。酔って太宰を自宅に招くと、「津軽人の本性を暴露した熱狂的な接待ぶり」を見せる。

Ｓさんは、次々と家人に言いつける。干ダラを金づちでたたいて軟らかくしてむしれ、リンゴ酒を２升買って来い、レコードをかけろ、アンコウのフライをつくれ、（郷土料理の）卵（たまご）みそのカヤキをこしらえろと、怒濤（どとう）のおもてなし。ここは笑えるし、哀切（あいせつ）でもある。

作品は、乳母（うば）のたけと再会する場面で終わります。郷愁（きょうしゅう）にあふれたくだりは、ふるさとを書いた作品の結末にふさわしいものです。

いわて
岩手

『なめとこ山の熊』

宮沢賢治

参考文献　『宮沢賢治全集7』ちくま文庫

命のサイクルへの深い敬意と思索

物語は、なめとこ山で熊捕りをしている淵沢小十郎の暮らしとツキノワグマたちをめぐるものです。熊たちは、小十郎を恐れてもいいはずなのに、そうではない。好きらしいのです。

それは小十郎の狩りの態度からくると思われます。彼は銃で撃った熊に話し掛ける。

「熊。おれはてまへを憎くて殺したのでねえんだぞ。おれも商売ならてめへも射たなけぁならねえ。ほかの罪のねえ仕事していんだが畑はなし木はお上のものにきまったし里へ出ても誰も相手にしねえ。仕方なしに猟師なんぞしるんだ。てめへも熊に生れたが因果ならおれもこんな商売が因果だ。やい。この次には熊なんぞに生れなよ」

結末で小十郎は撃った手負いの熊に襲われて死ぬのですが、熊は言います。

「おゝ小十郎おまへを殺すつもりはなかった」

そして、熊たちは小十郎の遺体の周りに、彼を悼むように集まるのです。ここでは生きることの深い意味が問われています。

マタギ（猟師）は、熊を山の神からの授かりものとして捉え、自分たちの生を支える源の一つとして敬っていました。

古くからツキノワグマの胆のう＝熊胆は熊の胆ともいわれ、漢方では万病の薬とされていて、高額で取引されました。また、毛皮や肉なども珍重されて、マタギの貴重な収入源となっていたようです。

肉は、脂肪があっさりしていて、うま味があり、煮物や熊汁にする。内臓も骨も、熊は捨てるところがない。

宮沢賢治は、岩手県の県央エリアにある花巻市の出身です。

なめとこ山は、この地域の山がモデルになったと思われていたのですが、調査の結果、明治の文献にその名称のあることが分かり、賢治生誕１００周年に国土地理院の地図へ記載されました。

「なめとこ山は一年のうち大ていの日はつめたい霧か雲かを吸ったり吐いたりしてゐる」

そういう土地で、熊と小十郎は、生死と生命のサイクルをたどっていたのでした。

みやぎ
宮城

『南小泉村』

真山青果

参考文献　『南小泉村』他四篇　岩波文庫

書かずば忘られる！　農民の苦つづる

真山青果は、小説家、戯曲家として活躍しました。歌舞伎の『元禄忠臣蔵』は名作です。世に出たのは、まず、小説家として。出世作が、この作品です。

「仙臺の西北の隅から入つて、愛宕山の裾を南へ東へと流れるのが廣瀬川、埋木と鮎で名高い川である。その川下の誓願寺の渡場から堰分れて、南方の町々を通つて東を指す枝川を六郷川と云ふ、南小泉はその又枝分れの小溝に沿うた小村で」「戸數はやつと二百戸許、細長い家續き、土地が濕る所為か無花果が好くそだつ所である」

主人公の「僕」は、医学校を中退して、ぶらぶらしているところを、この村の医師出張所の代診として、スカウトされます。そして、赴任後は、村の人々の患いを治す役割を担う。

若い代診の目に映った、貧しい農村の日常生活が冷徹に描かれていきます。そんな作品を書いたのは、真山青果の他にいなかったので、『南小泉村』は農民文学の代表作となりました。

「百姓ほどみじめなものは無い」――これが小説の書きだしです。そして、作者は、これでもかというぐらい、「みじめ」さを書き連ねていきます。

ある老婆は、化膿性肋膜炎を患って、水がたまっているので抜かなければいけない。が、治療費のことを考えると、それができず、苦しみ続けるしかない。

また、村にジフテリアが流行した時、幼い少女が感染して重体になる。治療費がないという親を押し切って、主人公は注射を打つが、やがて肺炎を発症して亡くなる。

また、こんな小さな村でも、事件は起きる。老いた馬泥棒が現れたり、妻が嫉妬（しっと）のあげく、夫の頭を手斧（ておの）で断（た）ち割（わ）ろうとして捕（つか）まったり。

ありのままを提示する自然主義と呼ばれた手法で捉（とら）えられた農村の姿は、どうにも救いがありません。

しかし未来の読み手である僕らは、当時の農民の苦しみを知ることができます。それは書かれなければ、忘れられたはずの歴史です。

あきた
秋田

『第一阿房列車』

内田百閒

参考文献　『第一阿房列車』新潮文庫

人情と味で紡ぐ「乗り鉄」の魅力

内田百閒は、夏目漱石の弟子です。ドイツ語教師であり、小説、エッセイの書き手でもある。通好みの作家です。

『第一阿房列車』は、各地の列車に乗って旅をする紀行文。いわゆる「乗り鉄」の話です。書き出しがいい。

「なんにも用事がないけれど、汽車に乗って大阪へ行って来ようと思う」

まさに、ぶら〜りの旅ですね。百閒はそれを「阿房列車」と名付けた。

用がないのに出掛けるのだから、「一等列車」でないといけない。旅費は、ない。工面に出掛ける。もう、ここからが百閒の旅です。

百閒は神経病みだから、一人旅をしません。国鉄（当時）に勤める職員で、通称・ヒマラヤ山系をお供にする。

自分は一等列車に乗るが、お供は三等列車。何とも身勝手ですが、このあたりも百閒らしい。

これから乗るのは東北本線と奥羽本線の阿房列車です。まず、上野から盛岡へ行き、青森に出て、秋田へ回り、山形へという行程。

秋田で少し逗留します。着いたのは午後7時49分。国鉄の職員らに迎えられ、雨の降る中、ともに町の宿屋へ。

そこで大いに酔って、百閒は大声で日清戦争の軍歌を歌いだし、ほかのお客さんに迷惑だからと、やんわりたしなめられる。

秋田の名物は、しょっつる鍋ときりたんぽ。へそ曲がりの百閒は、絶対食べないと決めていたが、誰も食べろと言わないので、反対に食べる。

しょっつるは主にハタハタ（秋田の県魚）などでこしらえた魚醤の

こと。

「しょっつるの汁を鍋に入れる前に、杯に取ったのを私に嘗めさした。これで十年経った汁だと云った。鹹かったけれど、深い味が解らない事はない。切りたんぽも食べた」

朝食には、ハタハタが膳に上った。いきなり雷が鳴る。百閒は、ハタハタが雷魚とも書くことを思い出す。

ハタハタを見ながら、雷を聴いている。ここが秋田の旅のピークです。うーん、何とも百閒の旅らしい。

あきた
秋田

『秋田県散歩』

司馬遼太郎

参考文献　『街道をゆく29　秋田県散歩、飛騨紀行』朝日文庫

風土と歴史を縦横に見聞

司馬遼太郎といえば、国民作家と言うにふさわしい人物なので、詳しい説明は省きます。

司馬は、目的地を秋田にした理由を述べています。

「古代以来、一大水田地帯だったし、江戸期には杉の大森林と鉱山のおかげでゆたかでもあって、他の東北にくらべると、いわば歴史がおだやかに流れつづけてきた県である。／おそらく気分をのびやかにさせてくれるにちがいない、とおもったのである」

まず向かったのは、象潟です。

「象潟や雨に西施が合歓の花」（芭蕉）

司馬は、この地で、芭蕉も訪れた寺の住持（住職）をしている旧友のもとへ足を運びます。

「金浦という浜辺の町をすぎるころから、左側の地形が、陸であるのに海であるかのような印象をあたえはじめた。（中略）田畑のなかに点在している古墳状の丘は、じつは島だったのにちがいない」

芭蕉が訪れた時、象潟は海でした。後に大地震の影響で海の底が隆起し、陸地になったのです。

司馬の筆は、眼前の風景から芭蕉の時代に飛びます。彼が象潟に来て、この地を訪ねたに違いない、能因法師と西行法師をしのぶ様子を描く。

次に向かうのは、「江戸期の旅行家・紀行の書き手」菅江真澄の墓です。菅江は、若い頃、信州で塾をしていましたが、「陸奥へゆきたい」と村を離れた。彼が滞在していた奈良家は、いまも残っています。

「かまちも、黒びかりしている」

「梁も柱も板敷も、煤を吸っては磨きこまれてきたために、黒い漆器の家のようになっている。／まことにみごとな江戸期住宅である」

さらに、越後屋太郎右衛門という町人が22年の歳月をかけて植林した能代の松原、狩野亨吉の生家があった大館、内藤湖南の暮らした村・毛馬内など、司馬は秋田を縦横に旅して、土地を見聞し、往時を顧みて歴史を考察します。

秋田で「満腹」になる一冊です。

やまがた
山形

『夜の靴』

横光利一

参考文献　『夜の靴・微笑』講談社文芸文庫

戦火の街と時(とき)止まる農村　心の「不通(ふつう)」

横光利一(りいち)は、川端康成(やすなり)たちと共に、大正、昭和と新しい文学の最前線で、時代を疾駆(しっく)した小説家です。

『夜の靴(くつ)』は、横光とおぼしき小説家「私」が、昭和の世界大戦終結が差(さ)し迫(せま)った頃、一家4人を引き連れて、山形県の小さな村（戸数28）に疎開(そかい)します。その村での生活と彼の考えたことが、日記体で綴(つづ)られる。主人公が移り住んだのは、村でも大きな参右衛門の家。彼らの住みかは、六畳(じょう)一間です。家賃(やちん)はなし。あるじの参右衛門が、「おれは金ほしくて貸したのではないからのう」と受け取らないのです。

また、この参右衛門の家を紹介した久左衛門という老いた農民は、主人公の見るところ、日本一の米作りの名人で、金はなくても、食う心配はさせないという。実際、「私」の一家は村の人々からもらう米や野菜で生活している。

「ここはすべてが鎌倉時代とは変っていない。風俗、習慣、制度、言語、建築、等等さえも――」

例えば、こんな風景。

「雨過山房の午後――鎌研ぐ姿、その蓑からたれた雨の雫。縄なう機械の踏み動く音、庭石の苔の間を流れる雨の細流。空が徐徐に霽れるに随い、竹林の雫の中から蝉の声が聞えて来る」

主人公は、小説家であることを隠しています。しかし、彼の目と頭は、村の人々の生活を観察しながら、「まことに考えるということは面白い」と思考を巡らせる。

そのうちの一つ。敗戦後、日本人の心の中に生じた「ふかい谷間のような、不通線」――これは戦争という未曽有の体験をすることで、戸惑い、互いの心の在り方が分からぬ、社会の混乱の基となっているものではないか。

「人の心は今は他人に怒(おこ)っているのではない。誰も彼もほおけた不通線に怒っているのだ。まったくこれは新しい、生れたばかりのものである」

この「不通線」は、現在、コロナ禍(か)に見舞(みま)われている人類の心の中にも生じているのではないでしょうか？　横光利一という小説家の目の確かさ、普遍性(ふへんせい)を見る思いです。

やまがた

山形

『山びこ学校』

無着成恭

参考文献　『山びこ学校』岩波文庫

生徒の目を通し学校、教育を問う

無着成恭は１９２７年（昭和２年）に山形県南村山郡本沢村（当時）に生まれました。師範学校を出たあと、隣村の山元村中学校の教師に。無着の「ほんものの教育をしたいという願い」によって取り組んだのが、本書に収録された生活綴方です。

これは生徒の目に映る生活を写し、自分の考えを交えながら書く作文のこと。無着は中学２年生の生徒たちに、この文章を書かせました。

冒頭に詩が掲載されています。彼らの生きた風土を表しているものでしょう。

「雪がコンコン降る。／人間は／その下で暮らしているのです。」（石井敏雄）

また、生徒がノウサギをわなで捕らえて、母親が肉汁にするところがあります。「うさぎ追い」と題した綴方ですが、「油はあんまりないが、こうばしくってうまい」と。

こうして見ると、『山びこ学校』は、のどかな田舎暮らしを描いた作品かと思ってしまいますが、実は、ポリティカル・ライティング（政治に関する文書）と言ってもいい記述が多い。

私たちの先生が、「勉強とは、ハテ？　と考えること」と言ったとあります。生徒たちが、「ハテ？」と考えるのは、なぜ、農家が貧しいのか？　労働に見合うだけの「ぜに」が得られないのか？　自分たちが学校へ行けないのか？

本書が書かれたのは昭和20年代なので、中学校は義務教育になっていましたが、学校へ行けない子どもが多いのです。

稲負いや炭焼きをする。子守に出される。家で本を読んでいると、親から「『わらじでもつくれ』とごしゃかれる（しかられる）」。

子どもたちは訴えます。

「学校教育がすばらしくなるというのは、どんな貧乏人の子供でもその親たちにさっぱり気がねしないで（筆者注・学校へ）くることができるようになったときでないだろうか。こういう問題はいったい誰が解決するんだろう」

外国からの移住者が増えている昨今、『山びこ学校』が発した問いは、いまも有効なのではないでしょうか？

ふくしま

福島

『霧の中』

田宮虎彦

参考文献　今東光・北村透谷・田宮虎彦著『道』ポプラ社

没落士族（しぞく）の心の葛藤（かっとう）を綴（つづ）る

作者の名に見覚えがあるという方は、夏目漱石（そうせき）の弟子だった学者兼文筆家を想像されているかも知れません。そちらは寺田寅彦（とらひこ）。名は同音ですが、文字は一字違っています。田宮虎彦（たみやとらひこ）のほうは芥川賞（あくたがわしょう）の候補にもなった小説家で、本作で文壇（ぶんだん）での認知を勝ち取りました。

この小説の物語は、幕末の戊辰（ぼしん）戦争から始まります。

主人公の中山荘十郎は幼い頃、江戸の旗本屋敷（はたもとやしき）から、「母のかねの背に負われて母の実家のある会津若松（あいづわかまつ）へ逃（に）げおちた道々の記憶がとぎれとぎれに残っている。それはほの白い霧（きり）に流れてぼんやり遠ざかって行く町家の灯（ひ）だとか、ひしめきあっている牛車のむれだとか、うらぶれた旅人宿の赤ちゃけた畳（たたみ）のいろだとかであった」。

彼らを追っていたのは、薩摩、長州の諸藩です。父と兄は彰義隊として上野の寺に籠もりましたが、多勢には敵わず東北へ逃れ、やはり官軍に追われる。かねの実家は会津藩の小普請組支配として城内を守っていました。そこへも西国の武士らが攻め込んで来て、かねと荘十郎の姉・菊は乱暴されて死に、もう一人の姉・八重は弟に、中山の家は徳川様と一緒に滅びたことを忘れるな、と言い残して行方知れずになった。

家族を失った荘十郎は、遠い親戚から同郷・会津のつてをたどって、江戸の鎌田斧太郎の元へ身を置く。彼は戊辰戦争の恨みを晴らしに薩摩へ下り、荘十郎は彼の従兄の岸本義介の家へ移り住みます。しばらくして斧太郎が帰って、お前の父親の仇を討ってやったという。彼は多くの人を斬ってきたらしいのです。それでも心の満たされぬ斧太郎は、秩父で起きた暴動に加わって消息を絶つ。すでに20歳になっていた荘十郎はその模様を新聞で読み、2000人に及ぶ暴徒が自分と同じ憤りを抱え、「一寸さきの見えぬ霧の中」をさまよっていると思います。

会津の人々は、誰もが傷を受けていました。戦争で国を失い、敗者として生きていかねばならない者の苦しみ、複雑な心の葛藤が、このような騒動をもたらした。彼らは何とか出口を見つけたいのです。

やがて荘十郎は人前で剣舞を披露するように。その稼ぎで義介夫妻の面倒も見ました。義介は病死し、荘十郎は剣舞と殺陣の技を金に換えて各地を放浪する。大阪、横浜、そしてまた東京——薩摩、長州の士族を見つけると喧嘩を売った。時代は明治から大正、昭和へと移り、荘十郎の放浪の果ては満州。帰国した時には、すでに年老いていて第２次大戦の敗戦の３日後に死んだのです。

この小説が発表されたのは１９４７年（昭和22年）。敗戦から２年後です。作者は、戊辰戦争で敗者となった会津の人々に仮託して、当時の日本人の真情を綴ったのではないでしょうか。

本を読もう

世界は一冊の本である

「本を読もう。
もっと本を読もう。
もっともっと本を読もう。

書かれた文字だけが本ではない。
日の光、星の瞬き、鳥の声、
川の音だって、本なのだ。（略）
本でないものではない。
世界というのは開かれた本で、
その本は見えない言葉で書かれている」

（長田弘「世界は一冊の本」より）

世界は一冊の本である、と言った詩人は、ほかにフランスのステファヌ・マラルメがいる。彼は、実際にそのような本を創ろうとしていたらしい。僕は小説家として、そこに世界のすべてが圧縮されている小宇宙のような小説を夢想する。

詩人が詠ったように、この宇宙には、言葉で言い尽くすことのできないコトやモノがある。それを「コトバ」と命名した哲学者がいた。

「彼にとってコトバは、意味の塊を指す。それは必ずしも言語の姿をとって表されるとは限らない。作家が言語をもって意味を表現するように、音楽家は旋律を用いる。画家は色と線、彫刻家は形がコトバとなる。高次の対話が行われるとき、沈黙が、もっとも雄弁なコトバになることすらある。むしろ言語は、無数にあるコトバの一つの働きに過ぎない」（コトバはどこへ行くのか　井筒俊彦を「読みなおす」意義　若松英輔）

読むとは、言葉で書かれた本に向かうだけではない。世界を成り立たせている言葉にできないコトバと向かい合うことでもある。

まだそういうコトバを言葉でとらえた小説とは出会っていないし、もちろん僕自身も書いたことがない。だが、いつかその片鱗でも書くことができれば、ぜひ、皆さんに読んでいただきたいと思う。そして、自分が書けなくても、そういう小説と出会えば、皆さんに紹介したいと思う。

世界は一冊の本である。そこにはすべての「コトバ」さえ封じ込められている。

「関東編」

いばらき

茨城

『白き瓶』

藤沢周平

参考文献　『白き瓶　小説　長塚節』文春文庫
長塚節著『土』岩波文庫

歌人・長塚節の作品と生活を描く

藤沢周平と言えば、時代小説の名手ですが、本作は評伝です。取り上げた作家は長塚節。この人は農民文学の頂点とも言える『土』の作者として名高い。しかし文学者としてのキャリアは歌人として始まりました。

親友とも呼べる歌人に伊藤左千夫がいました。二人は切磋琢磨しながら歌道に励みます。長塚は万葉調の作風を持っていましたが、正岡子規と師弟の絆を結び、〝見えるままのもの〟を詠うようになります。

歌道を究めようとする一方、茨城県の豪農の長男として生まれた長塚は、家産を維持しようと心を砕きます。父が政治好きで、若くして県会議員になり、政治に入れ揚げて借金が増えるばかりだったのです。

『白き瓶』は、長塚の文学と生活の両方を描いていきます。当時、歌壇には与謝野鉄幹の「明星」グループが重きを成しており、長塚や伊藤は新興勢力で、「馬酔木」という雑誌を発行して対抗しました。

長塚は、子規が始めた写生文にも手を染め、農村の風景を描き始めます。彼が見ていたのは、例えばこのような眺め――。

「節は雑木林を抜けて、開墾地の端に出た。まだ丈の低い麦が一面にひろがり、その先に花をつけはじめた菜の花畑が見えた。花の出そろわない一列の菜の花畑は、高低も不揃いで貧しげに見えたが、それでも四方を灰色の雑木林に囲まれた開墾地の色どりになっている」

そんな中で、彼の書いた写生文が、ある作家の目に留まりました。夏目漱石です。大学を辞して朝日新聞社に入り、盛んに新聞小説を発表していました。漱石は、長塚が長篇小説を書ける作家だと判断した。長塚のもとへ記者から新聞連載の依頼がありました。

彼はいったん断ります。長篇小説を書く自信がなかったのです。しかし再び丁寧な依頼があった時には、一篇の物語が構想されていた。それが『土』です。自分が見てきた農の世界を、そのままに描こう――長塚は、そう思いました。

「はげしい西風が目に見えぬ大きな塊をごうっと打ちつけてはまたごうっと打ちつけて皆やせこけた落葉木の林を一日いじめ通した。木の枝は時々ひゅうひゅうと悲痛の響きを立てて泣いた」

『土』の冒頭の文章です。この小説は、文学少女が歓ぶ作品ではない。30～40回で終わる予定。担当記者もできるだけ早く完結させたかった。それが151回まで続いたのは「これは到底余に書けるものでないと思った」という漱石の激賞と、作品の価値を評価した朝日新聞主筆・池辺三山の裁量によるものでした。この評伝の作者は、その辺りも詳細に調べています。

作家・藤沢周平の〝新しい貌〟を見た思いです。

ぐんま
群馬

『スローカーブを、もう一球』

山際淳司

参考文献　『スローカーブを、もう一球』角川文庫

奇跡の甲子園出場を果たした実話

山際淳司(じゅんじ)と言えば、スポーツ好きなら誰もが知っているスポーツライターです。惜(お)しいことに40代で亡(な)くなりました。デビュー作は「江夏の21球」。そして出世作が、この「スローカーブを、もう一球」です。ハリウッド映画の定番として、弱小スポーツチームが、あることをきっかけにして、猛然(もうぜん)と勝ち進み、優勝してしまう、というのがあります。本作は、その日本版。しかも高校野球なので、スポーツ好きにはたまらない。冒頭、1980年11月5日に行われた、群馬県の高崎(たかさき)高校と茨城県の日立(ひたち)工業高校の試合から始まります。場面は9回裏、2対0で高崎高校がリード。攻撃は日立工業。関東大会の準決勝なので、守り切れば、翌春の「センバツ」で高崎高校の甲子園出場が決まる。

マウンドに立つのは、2年生の川端俊介です。普通なら、ここから作者は結果を先延ばしにして、読者の興味を引こうとします。しかし、山際は、川端が得意のスローカーブでバッターを動揺させた後、直球を投げ込むところを描きます。打球は凡打。

「ダブルプレーだった。ゲーム・セット。」

実は、ここからが本作の読みどころです。

高崎高校は、県内有数の進学校で、高崎工高と区別するために「高高」と呼ばれます。野球部ができたのは、1905年（明治38年）。以来、76年の間、甲子園とは縁がなかった。

新しい監督を迎えたのが3カ月前。世界史を教える飯野邦彦は、中学時代に3カ月だけ野球部にいた経験を買われたのです。就任した彼が、まず始めたのは、野球の技術解説書を入手すること。

スポーツ新聞を読んで、監督はみだりに動かず、どっしり構えていることが大切と学ぶ。試合の時に言うことは、「練習のときと同じようにやればいいんだ。ふだん着野球に徹しろ」。

川端は、夏の大会が終わるまで3番手のピッチャーでした。学校の成績は、学年で10位以内に入ることもある秀才。中学のころから密かに野球の腕に自信をもっていたが、野球進学の誘いはまるでなかった。

野球部の2年生になり、あるOBの助言で、スローカーブが武器になり、いつの間にかエースとして登板するように。野球を続けている理由は「惰性」。彼は自分のスローカーブでバッターを驚かせるのが愉しみなのです。

つまり、「タカタカ」の野球部は、誰も甲子園へ行けるとは思っていなかった。周りもそうです。

山際の筆致は、テンポよく、弱小チームに奇跡が起きる過程を追っていきます。監督を含め、選手たちの緩さも、小気味がいい。スポーツ・ノンフィクションの秀作です。

とちぎ
栃木

『日本秋景』
ピエール・ロチ

参考文献『日本秋景　ピエール・ロチの日本印象記』
市川裕見子訳　中央公論新社

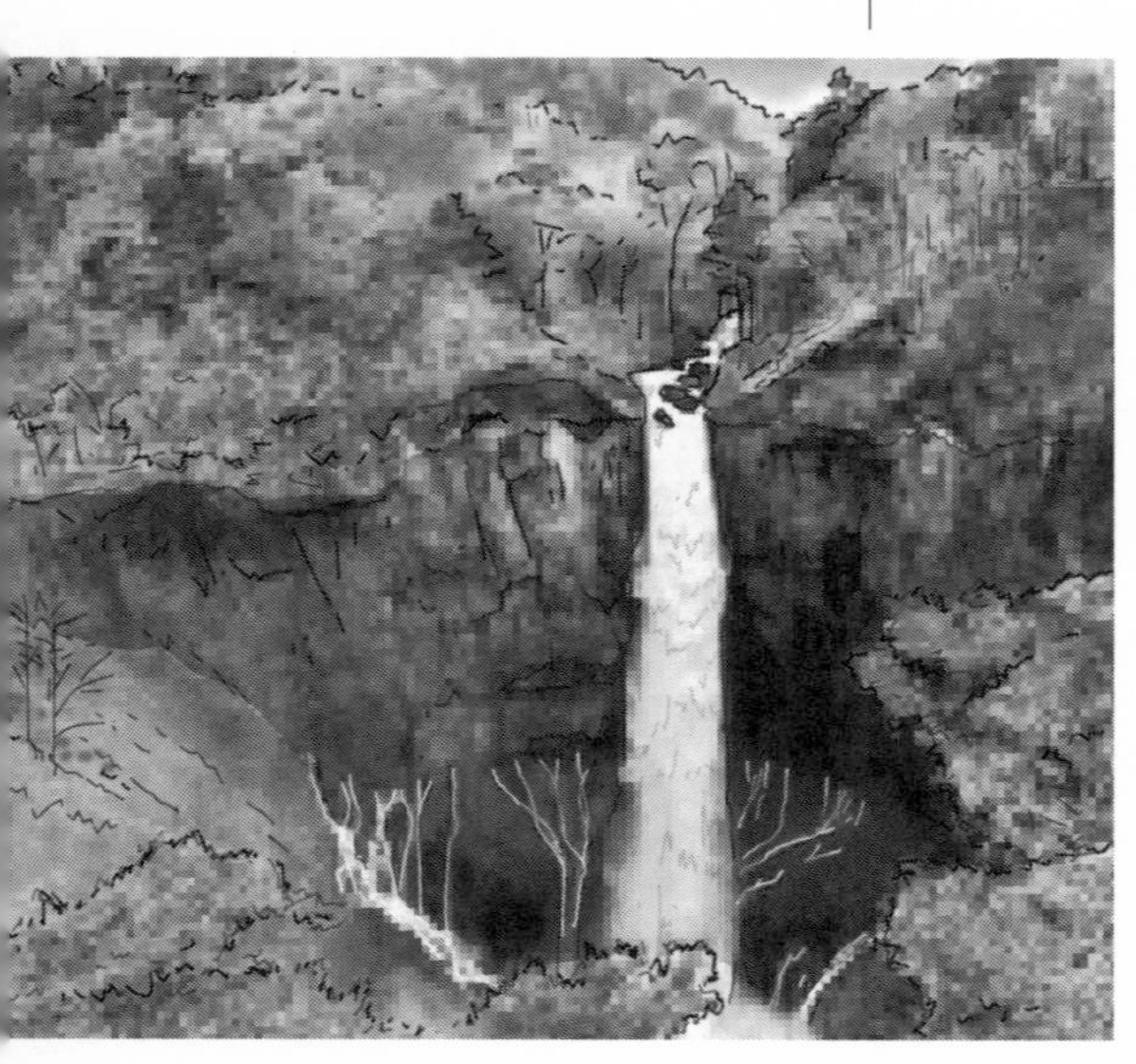

仏(フランス)軍人が残した明治期の記録

ピエール・ロチは、フランスの海軍士官です。1885年（明治18年）7月に軍務で日本を訪(おとず)れ、母国が清(しん)と戦闘状態にあったため、中国へ向かいますが、9月にまた来日します。それから2カ月ほど滞在(たいざい)し、京都、鎌倉、日光、東京を旅しました。

今回は、ロチが日光へ行った時のことを取り上げます。彼は10月のある日、早朝から日光の聖山巡礼(せいざんじゅんれい)の旅に出ます。列車の客室には夫婦らしい日本人の男女がいます。夫は軍人らしく、ヨーロッパ式の軍服を身にまとい、トルコ風の巻(ま)き煙草(たばこ)を吸(す)っている。夫人は立派な着物に身をつつみ、椿油(つばきあぶら)をたっぷり使って複雑な髷(まげ)を結(ゆ)い、煙管(キセル)を吸っている。

ロチは、二人の日本人を子細に観察する。彼にとっての旅は、もう始まっているのです。人との出会いも旅の愉しみの一つです。

降りた駅は宇都宮。

「駅を出ると、広くまっすぐな、真新しい道路が広がっているが、おそらくは鉄道敷設以後のにわか造りだろう。それでもいかにも日本らしい。飴、提灯、タバコや香料を売る小店が、いろいろ変わったごちゃごちゃとした看板を掲げ、長棹の先につけられたたくさんの幟がはためいている」

江戸時代から明治時代になって、まだ18年。確かに「にわか造り」の町の様子がよく伝わってきます。

当時、ロチの母国フランスでは、ジャポニスム（日本趣味、日本美術愛好）が隆盛を迎えつつあり、彼はその流れを見極め、この日本滞在記を書いたのです。本作の原題は「ジャポヌリー・ドトンヌ」。訳者によれば、「秋における『日本的なるもの』」というような意味だそうで、モーパッサンやゾラの小説と並び、ベストセラーになった。

宇都宮に降り立ったロチは、ガイドと人力車を雇って、8時間かけて日光へ辿り着きました。すっかり夜になっていた。旅館で日本式のもてなしを受け、翌朝、「帝王（将軍）の墓所」へ向かいます。彼がもっとも目を凝らしているのは、日光東照宮です。

「どこもかしこも黄金、光り輝く黄金である」

そして、ロチは建物の装飾にいたるまで詳細に書き残しています。珍しい東洋の美を前にして、メモを片手に歩き回る西洋人の姿が見えてきそうです。

午後になって見学を終え、帰り道を辿っていると、行きに小遣いをあげた少年に出会った。どうやら待ってくれていたらしい。その子は、摘んだツリガネソウの花束を渡すと、かわいいお辞儀をして去った。

「これは私が日本で受けた、唯一つの心のこもった記念の贈り物だった」とロチは記します。

今や世界遺産となっている日光東照宮ですが、この少年の純な心もまた、不滅の輝きを放(はな)っています。

コラム column

文学は実学

一つの言葉が魂を満たす

かつてフランスの作家・思想家のサルトルが、「飢えた子どもを前にして文学は無力である。彼らを救うためには文学を離れることもありうる」というようなことを言った。

確かに、文学は空っぽの胃袋を満たすことはできない。しかし、空っぽの魂を満たすことはできる。恐らくサルトルも、それは分かっていたはずで、文学の、社会的、政治的な意義を問題にしたかったのだと思う。だから、サルトルは許す。

僕が許せないのは、最近の、文学を軽んじる風潮だ。これも、文学は役に立たない、という考えから来ている。しかもそこには、サルトルのような思想的な切実さではなく、文学で稼げるか？　文学で会社員としてうまくやっていくためのスキルが身に付くか？　というような功利的な要求が潜んでいる。

僕は、大学、カルチャー教室、通信講座などで、小説の書き方を教えている。

ある少年が、事情があって不登校になり、部屋にひきこもった。何もすることがないので、ずっと本を読んでいた。すると、太宰治の『ヴィヨンの妻』という短編小説の、「人非人でもいいじゃないの。私たちは、生きていさえすればいいのよ」（新潮文庫）という登場人物の言葉に触れて、呪いが解けたようになった。そうか。生きているだけでいいんだ――少年は部屋から出て、外の空気を吸い、学校へ通うようになった。

文学の、たった一つの言葉が、彼を変えたのだ。そして、僕の下で、そんな小説を書きたいと、小説を学び始めた。

また、ある婦人は、子どもの頃のことを小説に書いてきた。仲の良かった友達がいたのだが、その少女は、早くに亡くなってしまった。目立たない、地味な子だったという。僕らは、婦人の書いた小説を読みながら、亡くなった少女のことを語り合った。この少女は、婦人が小説に書かなければ、家族は別にして、もう誰も思い出さないかもしれない。けれど、僕らの心には、彼女が生きていた事実が、しっかり刻まれた。

どちらも文学の効用だ。だから、文学は生きるための役に立つ、と言い続けていたら、詩人の荒川洋治さんが、その名も、『文学は実学である』（みすず書房）というエッセーを書いていた。どの世界にも先人はいるものだ。

さいたま

埼玉

『田舎教師』

田山花袋

参考文献　『田舎教師』岩波文庫

無名の若者の生を歴史に刻む

田山花袋は、自然主義文学を代表する作家として高名です。『田舎教師』は、主人公・林清三が、中学を卒業して、三田ケ谷村弥勒高等尋常小学校の教壇に立つところから始まります。

清三の実家は、もともと裕福な呉服屋でしたが、没落して熊谷から行田へ夜逃げをした。兄と弟は亡くなり、老いてきた両親は、この一人息子を頼りに思っている。

中学の同級生が、東京の師範学校や高校へ進学する中、清三は家計を支えるため、教職に就いたが、田舎教師として埋もれたくない、という気持ちがある。

志のある友人たちと同人誌を創刊し、自分の才能を試してみるものの、うまくいかない。しかし、何か一つ、大きなことをしてみたい、という欲求はやまない。

そういう清三の日常が、埼玉の風物と共に、実にヴィヴィッドに描かれていきます。例えば、羽生で下宿した成願寺での描写――。

「剖葦は頻りに鳴いた。梅雨の中にも、時々晴れた日があって、鮮かな碧の空が鼠色の雲の中から見えることもある。美しい光線が漲るように裏の林に射し渡ると、緑葉が蘇ったように新しい色彩をあたりに見せる。芭蕉の広葉は風に顫えて、山門の壁の処には蜥蜴が日に光ってちょろちょろしている」

実は、清三にはモデルがいて、日記や書簡が残っており、作者は何度も現地へ足を運んで取材をしています。この風景は、恐らく実際に見たものでしょう。

さて、文学の才がないと諦めた清三は、教師を続けながら、独学で音楽を学び、東京は上野の音楽学校を受験しますが、不合格。

世相は、日露(にちろ)戦争が始まって騒然(そうぜん)としています。連日、新聞には戦況(せんきょう)が報じられる。清三は、結核(けっかく)を患(わずら)って衰弱(すいじゃく)していきます。布団(ふとん)の中で、戦場で倒(たお)れた兵士のほうが、自分よりも幸福だ、と寂(さび)しく思います。やがて清三の命は絶(た)えました。

田山花袋は、無名の庶民として消え去った若者の生を歴史に刻(きざ)みつけました。これも文学の力の一つです。

とうきょう

東京

『落穂拾い』

小山清

参考文献　『落穂拾い・犬の生活』ちくま文庫

ささやかな生を肯定する抒情

小山清はマイナーな作家ですが、太宰治の弟子です。人目を引くような派手さはないものの、味わい深い作品を残しています。『落穂拾い』もそのうちの一つ。タイトルからして地味です。主人公は、小説を書きながらひっそり暮らしている作家の「僕」。住まいは、「武蔵野市の片隅」となっていますが、いまの吉祥寺（東京都）です。昭和20年代ですから、町の風景も、のどかなもの。

散歩をしていて日が暮れて、野菊が咲いているのを見かける。すると、ほっと肩の荷が下りる。

「その可憐な風情が僕に、『お前も生きて行け。』と囁いてくれるのである」

いいですね。この一文を読んだだけでも、何だか得をした気分になれる。

太宰治の弟子というと、破滅型のすさんだ作家ではないかと思いますが、違います。小山清は、師匠の太宰から、暗黒ではなく、優しい抒情を受け継いでいます。読み触りがいいのです。

主人公の「僕」は、よく訪ねる緑陰書房という小さな古本屋がある。あるじは、自分のことを「本の番人」と思っている娘。

「僕」は、この店で主に安い均一本を買う。彼女は、客の「おじさん」が小説を書いていると知って応援する気持ちになる。店番をしながら読んでいたロシア語教本の中に、「貧乏は瑕瑾ではない」ということわざを見いだし、「おじさんのことを聯想したわ」と口にしたりします。

10月に入って、「僕」が店を訪ねると、その日が誕生日であることを覚えていた彼女は、「一読者から敬愛する作家に対して」贈り物をすると言います。そして、店番を任(まか)せて薬局へ行ってしまった。戻った娘は、小さな紙包みをくれました。開けてみると、耳かきと爪切(つめき)り。さらに彼女は笑いながら少女雑誌の付録を広げる。画家ミレーの名があって、作品には「落穂拾い」があると記されていました。小山清は、自分を落ち穂と重ねたのでしょう。ささやかだけれど、人のためになるものです。

『かえるくん、東京を救う』

村上春樹

参考文献　『神の子どもたちはみな踊る』新潮文庫

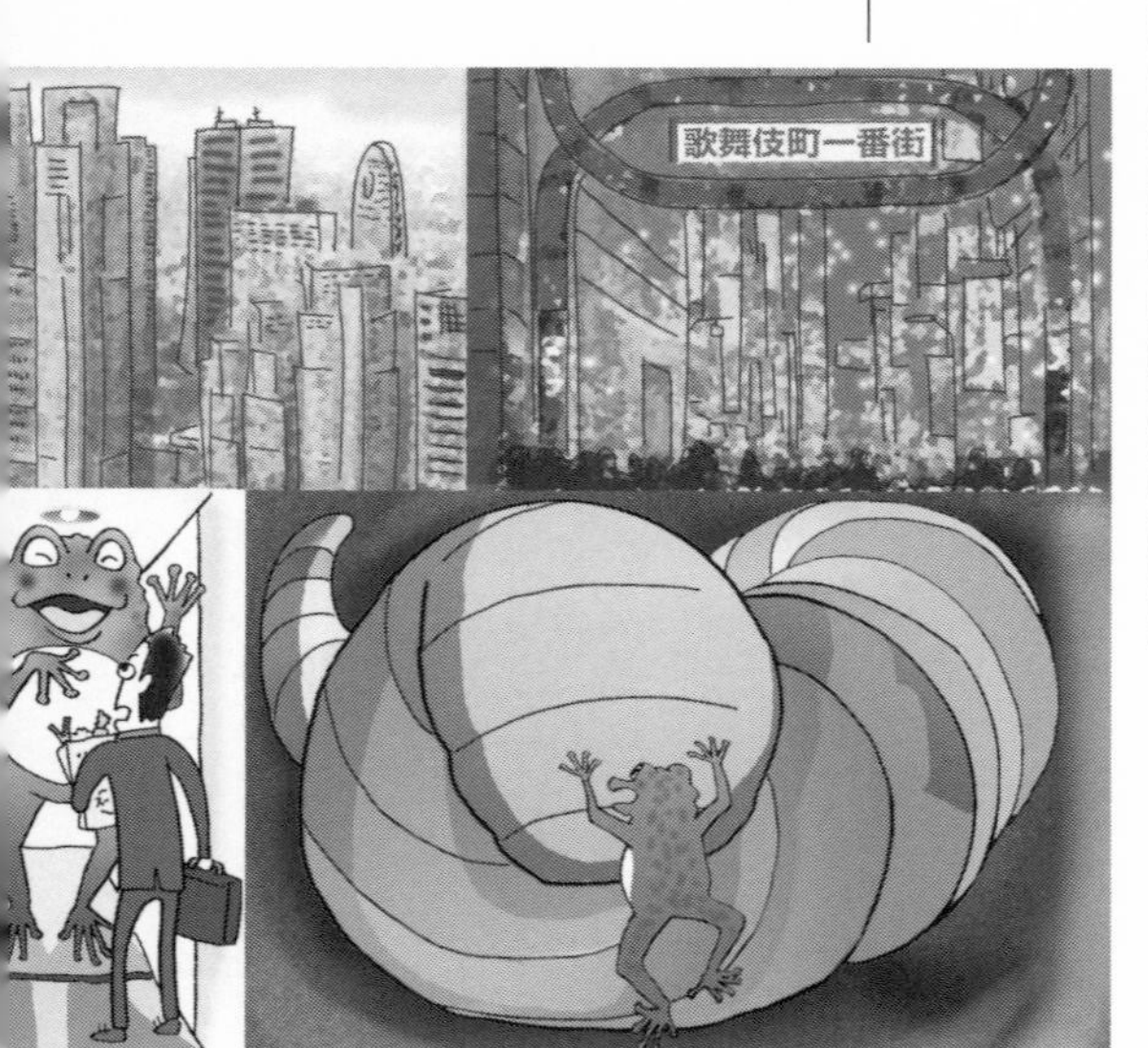

場所が生み出す現実と虚構の交錯

村上春樹といえば、世界的な人気作家で、毎年、ノーベル文学賞を受賞するかしないかで騒がれている、あの人です。

ある日、主人公の片桐がアパートへ帰ると、全長2メートルはあるかと思われる大きなカエルがいて、彼に話しかけてきました。カフカの『変身』では、主人公が毒虫に変身するのですが、村上の作品ではカエルそのものが登場します。彼は言います。これから地下に降りて、みみずくん（山手線の車両ほど巨大な！）と戦わなければならない。

なぜなら、みみずくんは怒りを蓄積させていて、ごく最近に起きた阪神・淡路大震災とおぼしき地震を知り、自分も大地震を起こそうとしている。僕はそれをやめさせるから、助力してほしい。

片桐は、平凡な勤め人です。そんな巨大みみずに対抗できるような特殊能力の持ち合わせはありません。ところが、かえるくんは、「あなたの勇気と正義が必要なんです」と言います。戦いの日が近づいて、片桐は謎の人物に狙撃され、気が付いたら病院のベッドにいます。ところが、どこにも傷はなく、看護師は歌舞伎町の路上で気を失っていたという。

そこへ傷だらけになったかえるくんが現れ、戦いは想像力の世界で行われて終わった、あなたは夢の中で助力してくれた、みみずくんは倒せなかったが、力をそぐことはできた、と言い残して死んでしまいます。おかげで、東京は、直下型の大地震を免れたのです。

ストーリーだけを述べると、荒唐無稽なこの作品には、奇妙なリアリティーがあります。それは東京という場所と関わっている。

東京は、近代以降、映画、小説、テレビドラマ、漫画など、あらゆるフィクションの舞台になってきました。そのため、「東京」は現実と虚構（きょこう）の混（ま）じり合う場所（トポス）になっています。

人語を操（あやつ）り、地震源となる地下の巨大みみずと戦うかえるくんは、この場所（トポス）に生きている。

『かえるくん、東京を救う』は、東京という場所（トポス）でなくては成立しない作品なのです。

『おせい』

葛西善蔵

参考文献　『贋物（にせもの）　父の葬式』講談社文芸文庫

奔放な「生」を日々綴った私小説

作者・葛西善蔵を知っている人は、よほどの文学好きでしょう。今日では、ほとんど忘れられた作家です。

近代日本文学の主流だった私小説の書き手として登場し、世間から見れば、破天荒な生き方を貫いて、41歳の若さで病没しました。

私小説というのは、一面から簡単に言うと、作者の、貧しさ、不倫、家庭の不和、病気、そして心のダークサイドを自虐的に書くものです。

葛西は家庭を持ちながら、おせいのモデルと一緒に暮らし、子どもまでつくりました。世間からは非難を受けますが、私小説作家とは、そういうものだと居直っているふうもあります。

『おせい』は、病弱な作家を、おせいと彼女の実家が支えるさまを描いています。世間では、床に就いている「私」の世話をするおせいを愛人と見なし、だったらいっそのこと子どもでもつくろうか、と「私」は軽口をたたきます。

亡くなった父の弔いを郷里で済ませ、住まいのある鎌倉に帰って来ると――。

「私はすっかりポカンとしてしまって、それを紛らすため何年にもしたことのない海水浴に出かけて行った。建長寺境内から由比ケ浜まで汗を流しながら毎日通った。海水場の雑沓は驚かれるばかりだった。砂の上にも水の中にも、露わな海水着姿の男女が、膚と膚と触れ合わんばかしにして、自由に戯れ遊んでいる」

『おせい』が発表されたのは１９２２年（大正11年）。鎌倉の海水浴場は、当時からこのようなにぎわいがあったのですね。

海から帰った「私」は、おせいを相手に晩酌。病気がぶり返すと、春になったら自分の田舎へ行こう、僕の女房も喜ぶし、いいお婿さんも見つかるよ、といい気なものです。

「あなたさえつれて行って下さるなら、私はどこへだって行くわ。お婿さんなんか私は要らないわ……」とおせい。

「私」は彼女の姿を、「遠い郷里の山の中へ置いて、頭の中に描いて見た」——何という自由！　しかしこういう生活では、長生きは望めません。

ちば
千葉

『野菊の墓』

伊藤左千夫

参考文献　『野菊の墓　他四篇』岩波文庫

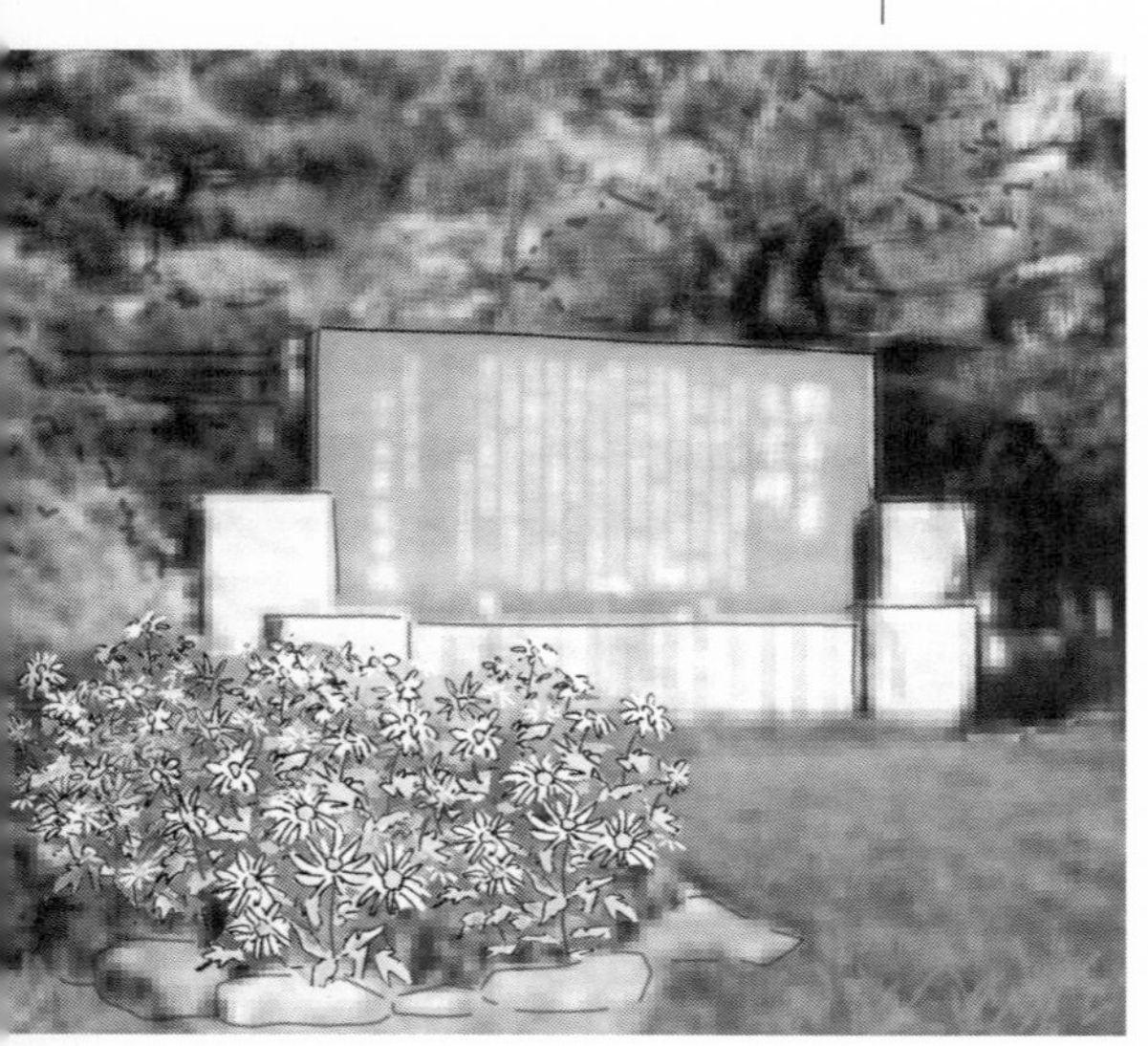

明治の文学史に輝く純愛小説

僕が本作を初めて読んだのは、10代の半ばと記憶しています。うぶな少年と少女の恋物語と受け止め、心が洗われました。そして、この連載を書くために再読。その間に半世紀近くの歳月が過ぎているのですが（まだ高齢者ではありません）、読んだ印象に変わりのないことが驚きでした。

『野菊の墓』が浅い作品だと言っているのでも、自身の読解力を誇っているのでもありません。この小説の核心が、しっかり動かぬものであると主張したいのです。

未読の方のために、『野菊の墓』のあらましを。

主人公は、13歳の政夫と15歳の民子。二人は遠縁の間柄ですが、互いに好意を持っています。周りは彼らの仲を危うく思いますが、政夫の母は優しく、一緒に茄子畑で作業をさせたりする。

「茄子畑というは、椎森の下から一重の藪を通り抜けて、家より西北に当たる裏の千菜畑。崖の上になってるので、利根川はもちろん中川までもかすかに見え、武蔵一えんが見渡される。秩父から足柄箱根の山々、富士の高峰も見える。東京の上野の森だというのもそれらしく見える」

ここで茄子をもいでいるうち、政夫は胸の中に「小さな恋の卵」があるのを意識する。二人の仲が決定的になったのは、その後の山畑での綿取り。これも母に促されて作業に出向いた。

政夫は地面に咲く野菊を摘み、自分は野菊が好きだ、「民さんは野菊のような人だ」と。

民子は竜胆を摘み、「わたし急にりんどうが好きになった」「政夫さんはりんどうのような人だ」と。

なんと澄んだ告白。胸がキュンとします。

しかし、それから政夫は中学校へ進み、民子と会えなくなる。二人が深い関係になることを恐れた大人たちは無理強いをして、民子を嫁にやる。彼女は身籠もりましたが、流産して、肥立ちが悪く、亡くなりました。手には政夫の写真と手紙が握られていた。彼の悲しみの深さは計り知れません。１週間、民子の墓へ通い詰め、その周りいっぱいに野菊を植えたのです。

本作が書かれたのは１９０６年（明治39年）１月。日本文学の動向を見れば、田山花袋や島崎藤村などが自然主義文学を提唱して、露骨な現実を描いていた時代です。そんな時、いわゆる「泣ける」純愛小説が世に出て、若い読者を悦ばせた。しかも作者の伊藤左千夫は43歳。僕が言うのもなんですが、オッサンです。それなのに、このような瑞々しい作品を書いた。奇跡としか言いようがありません。

『野菊の墓』を再読し、これは書かれるべくして書かれた作品だと思いました。

宇野浩二は解説で述べています。

「私は、はっきり、いう、『野菊の墓』は、明治の文学史に、一つの席を占める小説である」

「中部編」

にいがた

新潟

『雪国』

川端康成

参考文献　『雪国』角川文庫

哀(かな)しい恋物語と景色が重なる

川端康成(やすなり)は、日本で初めてノーベル文学賞を受けた小説家です。海外で日本文学作家と言えば、川端康成、谷崎潤一郎(じゅんいちろう)、三島由紀夫(みしまゆきお)が、日本文学トリオとして挙(あ)げられた時代が長く続きました。

現在は、村上春樹(はるき)が日本文学を代表する小説家として読まれていますが、彼の場合、本人はともあれ、海外の読者は、あまり日本文学として意識していないと思われます。

しかし、川端康成は違います。彼は、みずから日本文学を担(にな)う気持ちがあったはずですし、海外の読者も日本文学として受容(じゅよう)しました。川端の作品から日本的な美意識や精神を読み取ろうとしたのです。

『雪国』は、川端の作品の中でも、『伊豆の踊子(おどりこ)』と並んで、代表作と言ってもいいでしょう。

書き出しの一文、「国境の長いトンネルを抜けると雪国であった」は川端らしい名文です。「国境」を「こっきょう」と読ませるか、「くにざかい」と読ませるかで、作品の印象がまったく変わってきます。国境なら、トンネルの先の雪国は異界でしょうし、国境なら鄙びた田舎でしょう。川端はどちらとも取れるように、あえてルビを振っていません。異界に行くか、田舎に行くか、読者に委ねているのです。

英語版の解説で、翻訳者のE・G・サイデンステッカーは「川端は十七世紀の俳句の巨匠たちにさかのぼる一連の文学体系に属する」と述べていますが、『雪国』という作品は、起伏に富んだ物語ではありません。親の遺産で無為徒食の生活を送っている島村という妻子持ちの東京の男が、雪国の温泉地へ通って駒子という若い芸者と、恋愛のような、そうでないような、あいまいな関係になる。そこへ駒子の踊りの師匠の息子と恋人らしい葉子が絡んできて、何だか複雑な関係を結んでいく――筋立てとしては面白みに欠けます。

しかし、この小説の肝の一つは、雪国の温泉地の風物を描くことにあります。例えば、次のような一節です。

「一面の雪の凍りつく音が地の底深く鳴っているような、厳しい夜景であった。月はなかった。嘘のように多い星は、見上げていると、虚しい速さで落ちつつあると思われるほど、あざやかに浮き出ていた。星の群が目へ近づいて来るにつれて、空はいよいよ遠く夜の色を深めた」

そして、本作の最大の肝は、駒子という娘を描くことです。彼女は、世話になった踊りの師匠の息子が重病になったので、治療費を稼ぐために芸者になりました。しかし、一途に島村という男を求め、虚しい恋をしてしまう。その哀しさが雪国という土地と重なり、とても美しく映ります。

『雪国』の裏タイトルは『駒子』といえるのです。

とやま

富山

『長い道』

柏原兵三

参考文献　『長い道・同級会』小学館

子どもたちの権力闘争を描く

作者の柏原兵三（かしわばらひょうぞう）は、千葉県に生まれ、東京で育ちます。そのあいだに太平洋戦争があって、富山へ疎開（そかい）しているので、『長い道』は、ほぼ実体験だと思っていいでしょう。

１９４４年（昭和19年）、主人公の「僕」潔は、父の故郷（こきょう）で、北陸の日本海沿いにある舟原村へやって来ます。

「海辺では、二、三人の小さな子供たちが真裸で水浴びをしているだけだった。海は波一つなかった。僕は持参した赤い褌（ふんどし）を締めると簡単な準備体操をしたのち、海の中に入って行った。水は少し冷たかったがすぐに慣れた。海はすぐに深くなった。僕ははるかかなたにぼんやりと見える能登半島（のとはんとう）に向って得意のクロールで泳いだ」

半農半漁の地域は、のどかで穏やかに見えます。

この小説は『少年時代』というタイトルで、漫画化、映画化され、映画の主題歌はシンガー・ソングライターの井上陽水が歌いました。あの郷愁を誘う詞やメロディーに魅せられて、カラオケで歌った方もいるのでは？　ちなみに、僕の持ち歌の一つです。

しかし、原作には、映画や主題歌の持つ郷愁はあまりないようです。5年生男組の級長は、進という少年。勉強も運動もよくできて、家業の手伝いまでする、大人たちには、評判のいい子です。しかし、裏の顔があって、気に入らない生徒は、除け者（仲間外れ）にし、級友から旨いものを徴発。横暴な権力者として振る舞うのです。

東京で級長を務め、勉強のできた潔は、最初こそ、一緒に受験勉強をしようと持ち掛けられ、いい友人ができたと喜んでいたのですが、何が進の癇に障ったのか仲間外れにされました。それも、何度も、何度も。

潔は読書家で、進に命令されて集団登校の行き帰りに物語をするのですが、貶められている屈辱を忍びます。そして、進に反発しながらも、ほかの級友を押しのけ、ご機嫌を取る自分を〝本当の自分が壊された〟と感じます。

ある時、遂に反乱が起きました。虐げられてきた少年たちが結束して、進を権力の座から引きずり下ろしたのです。潔は、自由になれる！　と喜んだものの、代わってトップに立ったのは、乱暴で素行の悪い松という少年。これならまだ進のほうがましだったと思います。

『長い道』は、子ども社会の葛藤を描いていますが、この時期、大人の世界では戦争が続いていることを忘れてはいけません。作者の眼は冷徹です。子どもたちの幼い権力闘争を、軍事力を使った大人たちの権力闘争の縮図と見ている節があります。力で支配する者は、力で倒される。力が現実を動かすのです。

原作は、かなりビターな味わいがします。

いしかわ
石川

『雪の下の蟹』

古井由吉

参考文献　『雪の下の蟹（かに） 男たちの円居（まどい）』講談社文芸文庫

冬の底しぶとく生きる命の紅

古井由吉は、先年（２０２０年2月）亡くなった日本文学の大家で、苦心して独自な文体を練り上げた小説家です。

今回の作品の舞台は、雪の金沢。表題にある蟹は、美食の対象ではありません。いのちの象徴としての蟹です。

語り手の「私」は、金沢の大学に勤めている若者で、はんこ屋に下宿しています。

作中にはっきりとした時代は示されませんが、恐らく１９６３年（昭和38年）の「北陸豪雪」の経験を下地にした世界が描かれます。

といっても、ほかの古井作品と同じように、淡々とした日常の風景が続いていくばかり。

「私」は、11月の末に青空の広がった「午後を盗んで」（この辺りの表現が古井節）海へ足を延ばし、「暗い海底を這いまわる一匹の蟹を思い浮べた」。

この蟹が、白い肉を豊かに育て、赤く成長していくさまは、命が熟していくのを目の当たりにしているよう。

やがて大雪が降って、下宿の主人と屋根の雪下ろしをしている時、「私」はふと雑誌で読んだ〝青年がん〟のことを思い出します。

英語では、がんのことをｃａｎｃｅｒ（蟹）と言います。その連想があるのかも知れません。

若い肉体の中で、生命が満潮のようにあふれるのに感応して、がん細胞は「みずみずしい紅を帯びて、みるみる育っていく」。

大雪に降りこめられ、不眠症に悩まされながらも、若い「私」は、暗い海底の蟹のように、青年がんの細胞のように、しぶとく生きていく――。

生前、僕は、何度か古井由吉という作家の謦咳に接しました。気難しい人でしたが、僕の小説を支持してくれました。

久しぶりに『雪の下の蟹』を読み返してみて、作品を読むのが、何よりの小説家への供養だと、あらためて思いました。

古井さん、安らかにお眠りください。

いしかわ
石川

『金沢』

吉田健一

参考文献　『金沢・酒宴』講談社文芸文庫

人間生活のあるべき姿を描く

吉田健一は、昭和の宰相(さいしょう)・吉田茂の長男ですが、父の政治的な後継(こうけい)者(しゃ)とならずに、文学者となることを選びました。イギリスのケンブリッジ大学で学び（中退）、ヨーロッパの教養を身に付け、評論(ひょうろん)、小説、エッセーなど質の高い作品を残しています。また、無類の酒好き、グルメでもあり、本作にも、その影響が見られます。

『金沢』は不思議な小説です。冒頭で「これは加賀(かが)の金沢である」と書き出しているのに、すぐ「尤(もっと)もそれがこの話の舞台になると決める必要もない」とくる。しかし、ご安心を。舞台は金沢で、この土地の魅力がたっぷりと愉(たの)しめる作品になっています。

主人公は、東京で屑鉄(くずてつ)問屋を営(いとな)んでいる内山という50代の男。旅行が好きで、金沢を訪れた時に、犀川(さいがわ)が見下ろせる家を見て惚(ほ)れ込み、手に入れます。

その後、内山は身辺の世話をしてくれる骨董屋(こっとうや)と知り合って、さまざまな金沢人と出会い、酒宴(しゅえん)を繰(く)り広げる——物語としては、ただそれだけのシンプルな話です。

特徴的なのは文体。「内山は雨が好きだった」と始まる第4章では、金沢が一番金沢らしいのは雨の日であることを述べるのですが、「内山は金沢に偶(たま)の商用の他は何をしに来るのでもなかった。それは何もしないでいる為に来るのと同じことで一日中そうしてその部屋で雨の音を聞いていてもそれで金沢に来ているのだった。その雨に濡(ぬ)れた町の様子も見なくても胸に描けて犀川に掛っている鉄橋(てっきょう)も庭の木の葉に似て光っているのだろうと内山は思った」というような長文が延々(えんえん)と続くのです。

作品の雰囲気は、紗(しゃ)のかかった映像を見ているように朦朧(もうろう)として、金沢の町、そして内山の買った家のこと、酒宴での様子が語られていきます。本作の実質的な主人公は、内山ではなく、金沢という町と思った方がいいでしょう。この町にいる人は、「時間がたたせるのでなくてたつものであることを知っていて」、金沢にはそういう時間が流れている。それが人間の生活のあるべき姿で、町も同じだ。そうでなければ、そこにあるのは町ではなく、「人間と人間が作ったものが地表を汚しているに過ぎない」。

さて、作者のグルメぶりが発揮されるのは、登場する料理です。「茄子紺の古九谷の蓋もの」に入った「鮭の脊髄の塩辛」。「熊の肉を雪に埋めて凍らせたのやごりの空揚げ」。春に採って酒粕などに漬けた星草。雪を溶かしたような味の甘口の銘酒。泥鰌の蒲焼き。棒鰤。岩魚のこつ酒。梅干しのような野鳥の肝の酢漬け――まだまだありますが、この辺で。

金沢は、美味しい町なのです。

やまなし

山梨

『富士日記』

武田百合子

参考文献　『富士日記』中公文庫

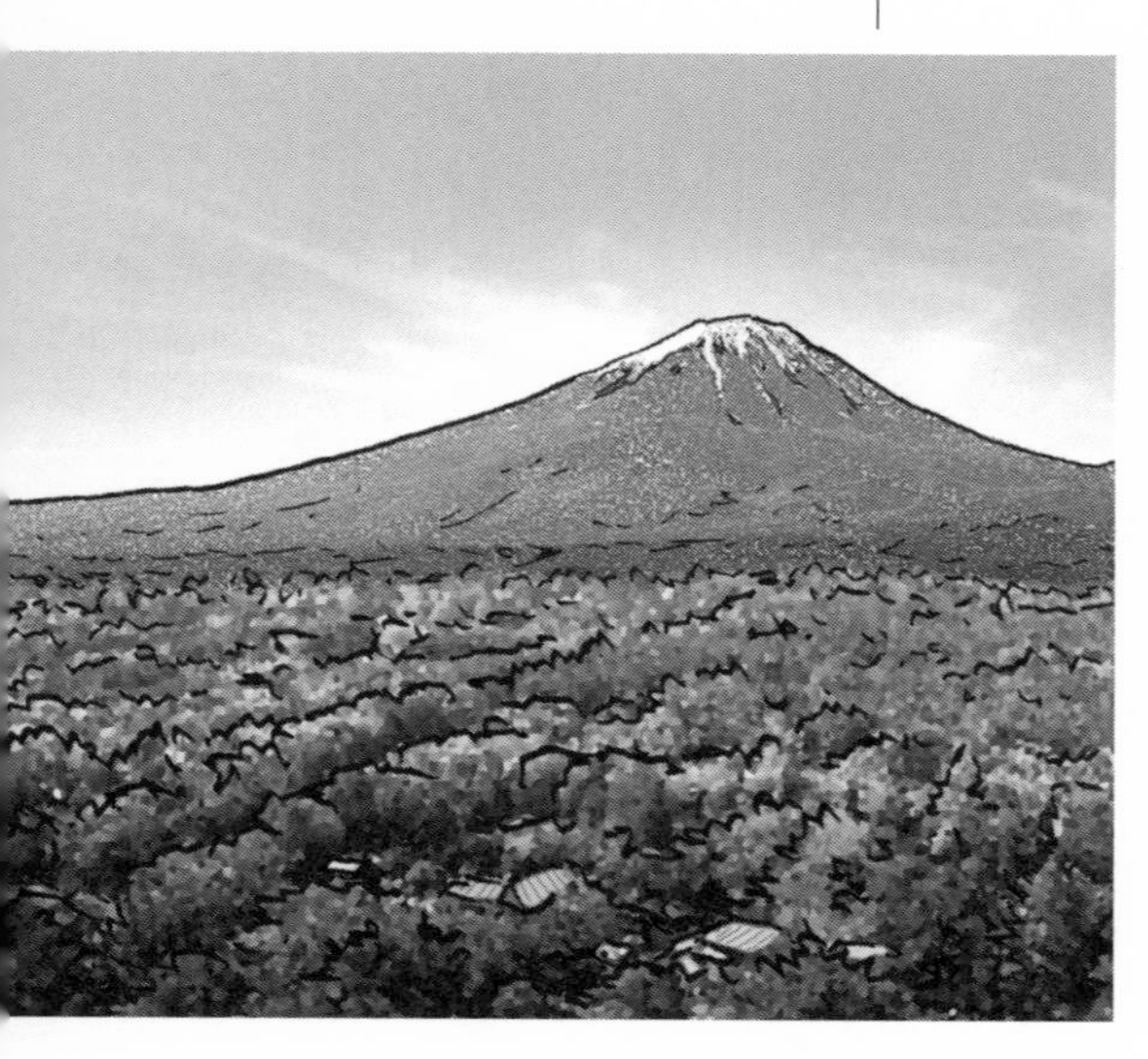

濃密な生活の匂いを感じる

武田百合子は、戦後派の作家・武田泰淳の妻で、自身も書き手として活躍した女性作家です。

僕はけっこう本を読みますが、それでもまだ読んでおらず、しかしずっと気になっている本がいくつかあります。

『富士日記』は、その一つでした。永井荷風に『断腸亭日乗』という作品があります。これは日記です。そして、僕の愛読書でもあります。

日記文学は、日本には古くからありました。日常を綴りながら、それが文学作品になっている――これはもちろん文章の力もありますが、作品の記録性によるところが大きいでしょう。『富士日記』は田村俊子賞を受けており、『断腸亭日乗』に並ぶ日記文学の秀作です。

この連載を書くようになり、いつか取り上げたいと思いつつ、今回、『富士日記』を手にして、あらためて面白いと思いました。『断腸亭日乗』の場合、歴史の流れがヒューマンスケールで、かつ具体的に分かるところが肝です。『富士日記』の肝は、濃密な人の生活の匂いがすることでしょうか。

武田泰淳は１９６３年（昭和38年）の暮れ、山梨県南都留郡鳴沢村字富士山に山荘を建て「不二小大居百花庵」と名付けました。そして、妻の百合子に「おれと代るがわるメモしよう」と呼び掛け、日記をつけるようになった。しかし泰淳の部分はごく僅かで、ほとんどは百合子が書いています。

冒頭に「これは山の日記です」とある通り、まず自然が美しい。64年（同39年）7月25日には「山へ着くと冷たい風が吹いていて、水を飲むと冷たい。何ていいところだろう」とあります。また、65年（同40年）元日、「夜はまったく晴れて、星がぽたぽた垂れてきそうだ」と。

家族は一年のうち半年ほどは、この山荘で暮らしていて、その様子が事細かに記されている。特に目に付くのは、食事の献立です。

1月3日、「朝食　ふかし御飯、ちくわ、さつまあげ、味噌汁。／昼食　御飯、粕漬ぶり。／夜食　御飯、まぐろ油漬、大根おろし、佃煮。花子は、またも、ぶりの粕漬」。

周りに盛り場もない山荘のことですから、食べることが愉しみなのは当然でしょう。僕も食べることは好きなので、こういう記述を見ていると、ぶりの粕漬が食べてみたくなる。百合子の記述は単なる記録にとどまらず、時には長く、エッセーの趣もあり、小説家の日常や当時の文壇の状況を垣間見ることもできます。僕がデビューした頃にお世話になった編集者の名が出てきたのには、どきっとしました。

こんな短い言葉だけの一日があります。

「今日は何にもなかった。ぼんやりして暮した」

羨ましい。

ながの

長野

『島守』

中勘助

参考文献　中勘助・寺田寅彦・永井荷風著『岸』ポプラ社

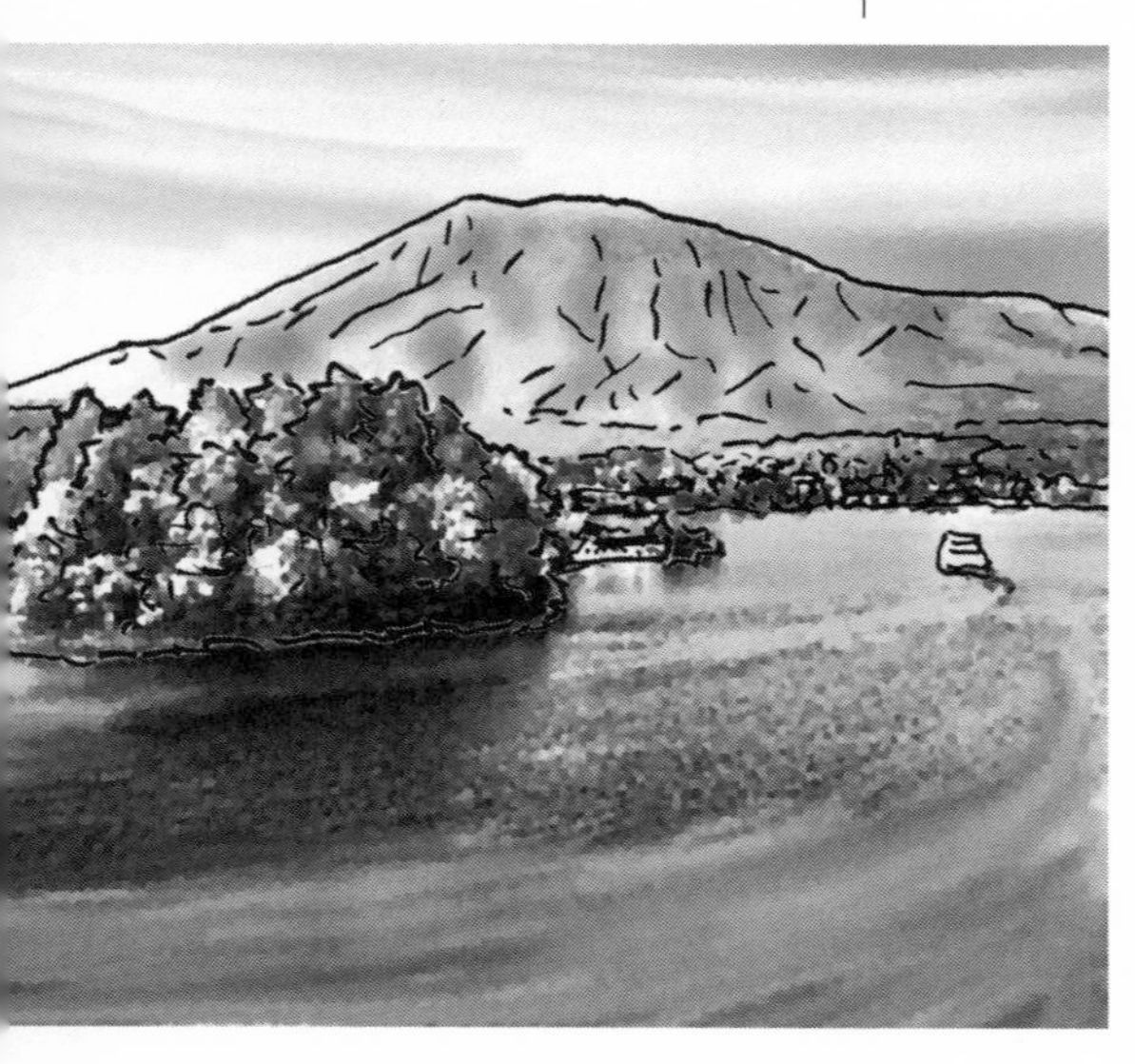

しんと澄んだ心になる文章

中勘助は、文豪・夏目漱石の教え子で「一高・帝大」という当時のエリートコースを歩み、恩師の推薦で朝日新聞に自伝的小説『銀の匙』を発表しました。それが文壇デビュー作となって、作家活動を始めます。ですから中勘助といえば、『銀の匙』となるのでしょうが、それは少し措きましょう。

明治44年（1911年）9月23日――語り手の「私」は、船で島へ渡ります。作中には書かれていませんが、信州は野尻湖に浮かぶ琵琶島（通称＝弁天島）といわれています。

「私」は、この島で3週間余り暮らし、その生活を日記体で綴った作品が『島守』です。島守とは作者が「私」につけた名です。冒頭から秋の島の自然が描かれます。「鬱蒼と生い繁った大木、それらの根に培うべく湖のなかに蟠ったこの島さえがよくも根こぎにされないと思うほど無惨に風にもまれる」。けれど、風がやむと、「落葉松のしんを噛む蠹の音もきこえるばかり静な無風の状態がつづく」。

「私」は、この島で「本陣」と呼ばれる地元の人の世話になりつつ、豊かな自然と交歓しながら日々を送ります。

全編のほとんどが自然の描写で、国木田独歩の名作『武蔵野』を思わせますが、中勘助に特有の流露感のある、散文詩のような文章が、独自の世界を築いていています。

「私」の一日は、「読書と冥想のひまにはわが穴を嗅ぎまわる獣のように島のうちを逍いあるく」ことです。鳥の羽を拾って栞にしようと思い、机の上に鳥が食べたらしい小さな蜆の殻をどん栗や杉の花と一緒に並べて眺める。思うままに生まれ変われるものなら、「美しい衣をきて心にくくも独りすむかわせみになりたい」と夢想する。「私」には、自然の生気を受け取って味わう鋭い感受性があります。読み手は、著者の綴る文章に気持ちが濾過されて、いつの間にか、しんと澄んだ心になっています。島における「私」がしていることは、生活の聖化です。

食の描写も見逃せません。一日、家の片付けと洗濯をし、湖で水を浴びる。勤勉に働いたご褒美の夕餉です。

「味噌汁をつくり、浪華漬をあける。こっとりつつんだ粕の底からぽくりと西瓜の丸漬がでてきた。さもうまそうに太い皺がよってずっくりと酒の気がしみてるのを蓋のうえでほどよく切って皿につける。汁も煮えた。いそいそとして飯をたべる」——このようなご馳走は、ミシュランの三ツ星レストランでも味わえないのでは。

ちなみに、「私」＝中勘助は、この島で『銀の匙』を書いたそうです。名作は、このような風土で生まれたのです。

ぎふ
岐阜

『高野聖』

泉鏡花

参考文献　『高野聖・眉かくしの霊』岩波文庫

山深い飛騨の幻想と耽美の物語

泉鏡花は、『金色夜叉』で名をはせた尾崎紅葉の弟子で、明治から大正、昭和の初めにかけて活躍した作家です。

幻想的な作風を得意として、いまでも人気が衰えません。『高野聖』は、代表作の一つです。

ある時、語り手の「私」は、旅の僧と一緒の旅籠に泊まります。寝床へ横になって、僧は問わず語りに旅の体験を語りだした。

僧が若い頃、飛騨越えをした。途中まで富山の薬売りと同行しますが、分かれ道に来て、薬売りは、どうやら違う方向へ行ってしまったらしい。

出家の身の上として、放っておくわけにもいかず、僧は後を追います。現在の飛騨は分かりませんが、作中に広がるのは、原生林と言ってもいい風景。

樹木と草の間を、大蛇がのそりと這っていく。見たこともない長い虫がうごめいている。無数のヒルが降ってくる。

特にヒルはかなわない。あちこちにくっついて血を吸われる。引き剝がし、引き剝がし、逃げているうちに――。

「あたりの山では処々茅蜩殿、血と泥の大沼になろうという森を控えて鳴いている、日は斜、渓底はもう暗い」

そこで見つけたのが、一軒の山家。声を掛けると、障がい者らしい少年と、美しい婦人が現れた。僧が宿を頼むと、泊めてくれるという。

そして、汗を流しに谷川へ案内し、すべすべした手で体を洗ってくれた。いつか婦人も裸になって立っていた。

二人きれいになって、衣服をまとい、家へ帰る。翌日、山家を後にして、婦人に体を触られて邪念を起こした者の、結末を知る。

男たちは、猿（さる）だの、ヒキガエルだの、コウモリだのに、身を変えられていたのだった。

そして、あの薬売りは、馬になって売られてしまった……。

山深い、一軒家（いっけんや）で暮らす少年と婦人の不思議な物語は、明治の飛騨を舞台に描かれました。

夏の暑い一夜、幻想的なひとときを過ごしてみたい方にお薦（すす）めです。

しずおか

静岡

『逸民』

小川国夫

参考文献　『川端康成文学賞　全作品Ⅰ』新潮社

爽やかな風景　それぞれの情念、人生

小川国夫は、静岡県の出身。藤枝に生まれ、藤枝で創作活動を続けた自分を、「枝っ子」と称したそうです。

僕は若い頃、イメージの喚起力を持った彼の文章に引かれて、作品を愛読しました。できれば、この文章を自分のものにしたい、と努めましたが、なかなか難しかった。いまも憧れています。

『逸民』は、彼の散歩コースだった蓮華寺池が、舞台になっているといわれています。この池ができたのは江戸時代初期で、すでに普請（築造）から４００年がたっているそうです。

作品にダイブしましょう。作者とおぼしき語り手の「私」は、散歩の途中で何人かの人物と出会います。

まず、堤肇。リタイアして、年金暮らし。読書と散歩が楽しみという、好人物。

次に、池のガチョウをジョギングの邪魔だと思っている若者。

さらに「マラソン走者」の河北由太郎。

彼らとの交流を描きながら物語は進行していきます。

ちなみに、蓮華寺池は、こんな感じです。

「山を登りきると、その日は風があった。風に真向うと、緑の中を遡っている気持になるのが爽かだった。葉擦れの音は海の波の音よりも柔らかだった。両側から木立ちが迫っているはざまに、雉鳩が姿を現した。静かで、池のほとりの鵞鳥の大騒ぎが耳に残っていたから、余計惹かれた」

蓮華寺池のガチョウは、人に挑みかかってくる。「私」も攻撃を受けた。

その7羽のガチョウが、ある日、突然に死んだ。

「頸を伸ばし、眼を見開いて、空気を裂いて鳴き立てている表情」で、「自分たちはこんな状態で殺されたと、証拠をつきつけているよう」に。

堤は、人間に脅かされての集団自殺ではないかという。

「私」は、誰かが手にかけたのではないかと思っている。

もしかすると、あの若者が——。

結局、ガチョウの死因は謎のままです。ミステリーの要素もあって、興趣の深い短編です。

あいち

愛知

『嘘』

新美南吉

参考文献　『新美南吉童話集2「おじいさんのランプ」』大日本図書

鮮やかに描く　子の目に映る世界

新美南吉は、いまも読み継がれる名作『ごん狐』の作者です。生まれは、愛知県半田市。『嘘』は、彼が暮らした土地を舞台にした作品です。

久助君は、岩滑の小学校に通う少年で、おたふくかぜで学校を休んでいる間に、転校生が現れた。横浜から来た太郎左衛門君です。皆は太郎君と呼びます。

岩滑は田舎で、久助君は、「道のほこりや草の中で育ってきた」。けれど、太郎君は違います。都会の匂いを身にまとっているのです。

太郎君は、嘘をつきます。

「午ケ池の南の山の中」にある「屏風を二枚むかいあわせて立てた」

ようになっている崖で、「おーイ」と呼び掛けると、向こうの崖から「おーイ」と跳ね返って、こっちの崖が「おーイ」と跳ね返す。そして、一つの「おーイ」が永遠に消えない。嘘でした。

雨を伴った激しい雷の日。いま、雲からヒバリが現れ、雷に打たれて落ちたから、見に行こう、と級友を誘います。嘘でした。

それでも、彼の嘘には、どこかわくわくさせるところがあるので、乗せられてしまいます。新舞子にめったにない見せ物がきているという話には、皆飛びつきました。

岩滑と新舞子は、知多半島の西と東。随分離れているのですが、皆で歩いて見に行きました。

「野にはあざやかな緑の上に、白い野薔薇の花がさいていた。そこを通ると蜜蜂の翅音がしていた。白っぽい松の芽が、におうばかりそろいのびている」

海岸に着いた時には、もう夕暮れ。疲れ果てて、心細くなり、嘘を責める気にもなれず、皆が泣き出してしまう。すると、太郎君は近くに親戚（しんせき）がいるから、電車で送ってもらおうという。これは本当でした。久助君は、「人間というものは、ふだんどんなに考え方がちがっている、わけのわからないやつでも、最後のぎりぎりのところでは、だれも同じ考え方なのだ」と学びます。

子どもの眼から見た世界を、鮮（あざ）やかに描いた作品です。

ふくい
福井

『行き暮れて、山。』

正津勉

参考文献　『行き暮れて、山。』アーツアンドクラフツ

登山の体験をリズムよく綴(つづ)る

正津勉(しょうづべん)は、山を詠(うた)って著名な詩人です。少年の頃やっていた登山を、50歳近くなって、また始めました。本作の冒頭は、詩人のふるさとの山「白山(はくさん)」へ。15歳の初登頂(はつとうちょう)から、実に三十数年ぶり。前夜は子どものように、はしゃいだそうです。暁(あかつき)になると、雨が激しく降りだした。冷たい横しなぎの風も吹く。しばらく躊躇(ためら)った後、登る決断をします。

5時間近く登って、ずぶ濡(ぬ)れになり、小屋に泊(と)まればいいものを、高校で山岳部にいた意地で、テントを張る。その夜は食事もそこそこに、ズブロッカ（ウオッカ）を呷(あお)って眠った。

翌朝は3時半に起床し、〝濃いガス〟が立ち込める中、2時間かけて登頂。御前峰に立った。ところが、「なにも見えない。畜生、御来光、断念！」

下山は9時間かかる。帰りは青天井で、熱い。だが、景色は美しい。

「ゆくさきざき微妙に色合いをたがえる、お花畑にオオサクラソウやハクサンフウロの群落。たしかに美しくある。溶岩流が固まった鎧壁の上にのぞく弥陀ガ原と御前峰。そしてなんという。岩肌の間を一条の光る帯となって落ちる千仞ガ滝。ほんとに驚くほどだ」

しかし詩人に、この美しさを楽しむ余裕はありません。喉の渇きと疲労が重なり、幻聴が聴こえる。

「呼ばわる声がある（中略）それは三十九年前、福井県立大野高校山岳部一年生、十五歳のおまえのその声ではなくてか」

うーん、このあたりが詩人らしい。過去の少年の自分が、50歳になるいまの自分を呼んでいるなんて、詩的ではないですか。

また、文章のリズムがいい。読んでいるこちらも、山を登ったり、下(お)りたり、その言葉のリズムに心が運ばれていく。そして、詩人は詩人らしく、仲間と一緒に山と出あった15歳の頃を詠(よ)んでいます。

「へろへろへったらへろへろへっと
おかしく谷間に笑い声を木霊(こだま)させては
ずんずんと頂上を目指し頑張るのだった
へろへろへったらへろへろへっと」

それにしても、人はなぜ、山に登るのでしょう? そこに山があるからだ、と言った人もいましたが、登山家としても名高い生態学者・人類学者の今西錦司(いまにしきんじ)が、述べているそうです。
「ただ山へ登るだけなのであるにもかかわらず、山へ登りつづけていると、自分がどことなく山川草木化してゆくような気が、しないでもない」

正津はまだ、その境地には至らないが、「自分を『自然の一部』と感覚すること。それならわたしにも少しわかるような気がしないでもない」。

本来、人は自然と共に生きてきたのです。

「近畿編」

みえ
三重

『城のある町にて』

梶井基次郎

参考文献　『ちくま日本文学全集　梶井基次郎』筑摩書房

心癒える涼やかな夕風の情感

梶井基次郎は大正から昭和にかけて活動した作家で、教科書にも載った『檸檬』のような、散文詩めいた味わいの小説を書きます。『城のある町にて』の舞台は、三重県松阪市。そう、あの、松阪牛のふるさとです。

実は、僕の妻は松阪出身なので、時折帰省します。その時の楽しみは、やはり、松阪牛のすき焼き。適度なサシの入った肉は、柔らかく、脂が乗っていて、絶品です。

梶井は大阪に生まれて、東京帝大（現・東京大学）に進むのですが、幼い妹を病で失って、深い悲しみを負っていました。そういう時、松阪に嫁いだ姉から遊びに来ないか、と誘われて、ひと夏を過ごした。

彼は松阪のあちこちをスケッチしたり、メモを取ったり、作品の準備をしたようです。

できあがったのが『城のある町にて』です。冒頭から城＝松阪城の跡のくだりが出てきます。

「今、空は悲しいまで晴れていた。そしてその下に町は甍を並べていた。白堊の小学校。土蔵作りの銀行。寺の屋根。そしてそこここ、西洋菓子の間に詰めてあるカンナ屑めいて、緑色の植物が家々の間から萌え出ている」

この一文は、城跡に碑として残されています。

僕も帰省の折、城跡から松阪の町を見下ろして、梶井もここに立ったのか、と深い感慨を覚えたものです。作品は、主人公の峻と、姉夫婦やその幼い娘との交流、地方の穏やかな暮らしが描かれています。そうかと思えば、こんな幻想的な場面もあります。

「平野は見渡す限り除虫燈の海だった。遠くになると星のように瞬いている。山の峡間がぼうと照されて、そこから大河のように流れ出ている所もあった」

彼は、こういう松阪の町の眺めを愛したようで、「食ってしまいたくなるような風景に対する愛着」と書いています。

花火を見たり、インド人の手品師の興行に行ったり、主人公の心の傷口はだんだん洗われ、鬱屈が消えて、やがて夏が終わる。涼やかな夕風に吹かれているような、とても爽やかな作品です。

しが

滋賀

『盲目物語』

谷崎潤一郎

参考文献　『盲目物語 他三篇』中公文庫

戦国の世に翻弄（ほんろう）された姫（ひめ）の生涯

谷崎潤一郎（じゅんいちろう）は「大谷崎」と称されるほどの文章家で、日本近代文学の小説家の中でも、随一（ずいいち）の名文を書きます。『盲目物語』は、その作家が山ごもりをして、1日に1、2枚しか書けなかったという逸話（いつわ）があるぐらいの作品です。少し冒頭のあたりを引いてみましょう。

「わたくし生国（しょうごく）は近江（おうみ）のくに長浜在（ながはまざい）でございまして、たんじょう（誕生）は天文にじゅう一ねん、みづのえねのとしでございますから、当年は幾（いく）つになりまするやら」

語り手は弥市という盲目の按摩（あんま）。親は農民をしていたが、両親とも失い、もみ療治の術を身に付けて暮らしていました。それがある人の仲介で、戦国大名・浅井（あざい）氏に召（め）し抱（かか）えられ、小谷（おだに）山の居城へ住み込みで働くことになりました。

主の浅井備前守長政は、一人目の妻と折り合いが悪く、二人目の妻を迎えた。織田信長の妹・お市です。長政と信長は縁を取り結んだわけですが、戦国の世のこと、仲違いをして、合戦となりました。

信長は、長政の武士としての器量を高く評価していたので、何度も降伏を呼び掛けるのですが、結局、お市と茶々たち娘3人を引き取り、小谷の城の主は腹を切りました。

その後、お市母子は尾州清州の里へ帰り、弥市もお供をした。それから10年ほどは平穏な日々が続いて、盲目の弥市にとって、最も幸せだったといいます。

やがてお市は柴田勝家に嫁すことになり、またも弥市はお供を仰せつかった。木下藤吉郎から豊臣秀吉を名乗るようになった秀吉は、かつてお市に恋情を抱いていた。そして、出兵となる——。

この小説は、ちょっとしたミステリーの趣向もあります。あとの物語は実際に読んでいただくとして、さすが大谷崎と唸らされる文章がいくつかあります。例えば、お市のもみ療治をするくだり。

「おんはだえのなめらかさ、こまかさ、お手でもおみあしでもしっとり露をふくんだようなねばりを持っていらしったのは、あれこそまことに玉の肌」——盲人の触覚の鋭さを見事にとらえています。

また、琴を弾きつつ歌うお市の声の描写。

「はれやかなうちにもえんなるうるおいをお持ちなされて、うぐいすの甲だかい張りのあるねいろと、鳩のほろ〳〵と啼くふくみごえとを一つにしたようなたえなるおんせい」——これも見事です。

弥市が盲目になったのは4歳です。その時までは、ぼんやり物のかたちが見えていたといいます。

「おうみの湖の水の色が晴れた日などにひとみに明う映りましたのを今に覚えております」

この湖は、どれほどか美しいことでしょう。

きょうと

京都

『熱帯』

森見登美彦

参考文献　『熱帯』文藝春秋

夏の京　古本を巡るミステリアスな物語

物語は、京都の北白川にある四畳半のアパートから始まります。語り手の「私」が学生時代に過ごしたところ。季節は夏。

「京都の夏、四畳半アパートは人間の住まいというよりはタクラマカン砂漠に近い」

「私」は涼しいオアシスを求めて、平安神宮のある岡崎界隈へ出掛ける。勧業館、国立近代美術館、琵琶湖疏水記念館などを巡って涼を取り、二条通りを鴨川の方へ進む。

そこに中井書房という古本屋があり、必ず、立ち寄ることにしていた。ある日、入り口の脇にある100円均一の段ボールに、『熱帯』という小説があるのを見つけます。著者は、佐山尚一。

「私」は何となく気になって『熱帯』を買い、岡崎の勧業館へ戻り、本のページをめくります。ジャンルは、一種のファンタジーらしい。面白(おもしろ)そうなので、大事に読もうと、4分の1くらい読んで、アパートへ帰りました。

少しずつ読み進んだのだが、ある朝ふいっと本が消えてしまったのに気づく。結末が気になってネットを駆使(くし)し、古本屋巡りもしたが、結局、『熱帯』は手に入りませんでした。

それから16年後――「私」は『熱帯』の読書会をしている人々と出会います。「私」と同じく、途中で本が消えてしまい、誰(だれ)も結末を知らない。実は、『熱帯』は「世界の謎(なぞ)」とつながっているというのです。

奥深い土地・京都で繰(く)り広げられる、ミステリアスな古本を巡る物語という設定は、実にいい。若者に人気のある作家モリミンこと森見登美彦らしく、読ませます。

「私」は『熱帯』の謎を探して、京都を歩き回る。目に入るのは、「閉じられた寺の門、仏具店や煙草屋、暗いトンネルのような裏通り」。そして、一乗寺の古道具屋「法蓮堂」、にぎわう先斗町、閑静な京都市美術館、昔ながらの珈琲店「進々堂」など、一部を除いて、ほぼ実際にある店や町が登場します。

『熱帯』という小説の謎もさることながら、この本を手にして、京都の町巡りをしてみたくなりました。

おおさか
大阪

『女の宿』

佐多稲子

参考文献　『佐多稲子全集』第12巻　講談社

柔らかな言葉「なにわ」の質感

佐多稲子は、昭和に活躍した小説家で、94歳で病没。長命なので作品の数も多い。

長崎に生まれて、一家で上京し、少女の頃から働き始めます。その経験を書いた作品で認められ、プロレタリア文学の作家としての地歩を固めました。

『女の宿』は、作家と思しき語り手の「私」が、大阪の友人の家に泊めてもらった時のことを記しています。

物語は、朝から始まります。

「年配らしい女の太い話し声」で目覚めた私が、廊下への障子を開けると、「隣家と、裏側の家との境を黒い板塀で囲った狭い庭は、関西ふうのちんまりとした作りで、一本の細い松と、塀ぎわの数本の篠竹にも、まだ直接の陽ざしがかかっていない。縁近く小さな石燈籠をおいて、そのそばに二、三の盆栽がある」。

家のあるじは、婦人団体の活動で知り合った田鶴子と義妹の邦子。

この作品は、田鶴子たちの大阪弁の会話で進んでいきます。

田鶴子は、「『おはよございます。おやすみになれましたか』と語尾をあげて結ぶように云った。さっきから聞えていたのとまるっきりちがって、田鶴子の声は細くて優しい。結ぶように云われたけれど、大阪なまりだからそれは柔かく聞える」。

どうやら隣家の奥さんの飼っている犬が、瀕死らしい。この人は、舞子をしていたが、今はよして旦那の世話で暮らしている。よわい50過ぎ。

また、夫に自殺された寡婦が訪ねて来る。

息子が大金を持ち出して、死ぬつもりかもしれない、と悲しむ女も来る——こういう出来事が、田鶴子たちと客の大阪弁で語られていくのを読んでいると、小説というよりは、芝居でも見ているような気分になります。

最後は、「（隣家の愛犬が）死んだら、香典持ってゆかなならんかしらね」／「そうやね。きっとおとむらいしやはるで」と結ばれる。

言葉も風土の一つ。『女の宿』は、そう感じさせます。

ひょうご
兵庫

『城の崎にて』

志賀直哉

参考文献　『小僧の神様　他十篇』岩波文庫

生と死について深い思索を促す

志賀直哉は、日本の近代文学を代表する小説家の一人であり、その作品の一つ『小僧の神様』にちなんで〝小説の神様〟と称賛された大家です。

大谷崎といわれる谷崎潤一郎でさえ、直哉にコンプレックスを持っていて、彼の作品と自分の作品の、どちらがすぐれているか気に掛けていたそうです。

さて、この作品の表題にある「城の崎」は、兵庫県の城崎温泉のことです。当時、彼は父親との不和から東京の実家を離れ、広島県の尾道で暮らしていましたが、長編小説の執筆が思うようにいかず、1913（大正2年）年に上京しました。その夏、電車にはねられる事故に遭(あ)って、病院を出たあと、療養(りょうよう)のために城崎温泉を訪れたのです。

一人きりでの療養生活で話し相手もおらず、読むか書くか、部屋から外を眺(なが)めているか、あるいは散歩をして暮らしていた、と作品にはあります。

「散歩する所は町から小さい流れについて少しずつ登りになった路(みち)にいい所があった。山の裾(すそ)を廻っているあたりの小さな潭(ふち)になった所に山女(やまめ)が沢山(たくさん)集っている。そしてなおよく見ると、足に毛の生(は)えた大きな川蟹(かわがに)が石のように凝然(じっ)としているのを見つける事がある。夕方の食事前にはよくこの路を歩いて来た」

谷崎は『文章読本』で、名文として直哉の文章を引用していますが、簡潔で、言いたいことをしっかり伝える文章です。

この小説は、主人公の「自分」の身の回りのことを詳細に描いた私小説です。部屋の近くに蜂(はち)の巣(す)があって、ある朝、1匹の死骸(しがい)を見つける。彼はその静かな姿から、死を身近なものとして感じます。また、散歩の途中、川で首を魚串で貫かれた鼠を見かけます。子どもや大人の見物人が石を投げる。なかなか当たらないが、鼠は必死になって逃げようとする。苦しみもがきながら走り回る鼠の姿を目にし、死の前に訪れるこのような「動騒」はかなわない、と思います。

さらに、ある日、小川に添って歩いていたら、大きな石の上に「蠑螈」を見つけ、驚かせてやろうと石を投げたら、偶然に当たって死んでしまった。主人公はその出来事を、自分が事故で生き残った事実と重ね合わせ、「可哀想に想うと同時に、生き物の淋しさを一緒に感じた」。死んだ蜂や鼠や蠑螈のことを考えながら、生きている自分は感謝しなければならないような気がした。

ただ、これだけの400字詰め原稿用紙にして14枚ほどの短篇ですが、生き物の生と死について、深い思索を促す佳品です。読み終えると、名工のこしらえた工芸品を手にした印象が残ります。

奈良（なら）

『修羅』

石川淳

参考文献　『紫苑物語』講談社文芸文庫

無頼派作家が著した時代小説

石川淳は、太宰治、坂口安吾たちと共に無頼派と称された昭和の小説家です。でも、太宰のように心中したり、安吾のように薬物漬けになったりというような分かりやすい無頼はしない。ただ、小説家はアウトローだという考え方を持っていたので、精神の無頼を生きていたと言えるかもしれません。

では、書く小説が無頼だったか。僕は石川淳のファンですが、そんな小説をあまり読んだ覚えがない。江戸文学の教養が深く、戯作に詳しいので、優れた時代小説を書きました（といっても、エンターテインメントな小説ではありません）。

『修羅』も時代小説です。舞台になっている時代は応仁。物語の背景には、当時の合戦があります。そう、応仁の乱です。冒頭、兵の死体がごろごろ転がっている京の河原が描かれる。世の中は、東陣の細川勝元の軍勢と、西陣の赤入道山名宗全の軍勢に分かれ、将軍家の家督争いが絡んだ戦の最中です。

そこへ現れるのは、足軽の大九郎と彦六。彼らは東陣も西陣も将軍家も関係ない。自分が生きていくのに精いっぱいで、常に暮らしていくためのお宝を探し回っている。そのためには平然と人も殺めます（あれ？　結構、無頼だな）。

地獄耳の彦六が「山名の一門、同苗氏豊のむすめ胡摩」が囚われていた陣から逃れたと聞いてきた。大九郎は姫を捜すと走りだす。

一方、逃げる姫は一人の老僧と出会う。これが一休さんなんですね。けれど、アニメのような頓知を利かせたやりとりがあるわけでもなく、彼は「この世に生きよ」「かの峰を越えて行け」と杖で彼方を指した。

「峰を越えたかなたの地は洛中のさまには似ず、朝の光に沫雪の消えてゆくそばから、水はようやくぬるみ、木木は枝を振りおこして、ものの芽のまだ堅いにおいをひそめたあたりに、一むれの小屋の数、見るかげはなくても、草の戸に炊ぎのけむりすくすくと立ちのぼって、ここまでは兵火もおよばなかった」

ここは奈良の古市の村。村の長・弾正に呼び止められた胡摩は、初めてたどりついた村の、最も力の優れた男と夫婦になる誓いを立てたと言う。弾正は、では俺の後添いになれと言うのですが、この女は俺がもらったと息子が立ちはだかります。二人は命懸けの勝負をして、弾正は殺される（やっぱり無頼だ）。

息子は父に成り代わって村の長となり、胡摩を古市一党の頭目と仰ぐ。彼らは戦から逃げた関白兼良の館にある庫を襲って、収められた膨大な和漢の書を「げに、文反故の山にこそ悪鬼は棲む。今この悪鬼を討て。旧記秘巻、みなほろぼすべし」と焼き払う――。

物語はまだ続くのですが、石川淳はやっぱり無頼派でした。

わかやま
和歌山

『岬』

中上健次

参考文献　『岬』文春文庫

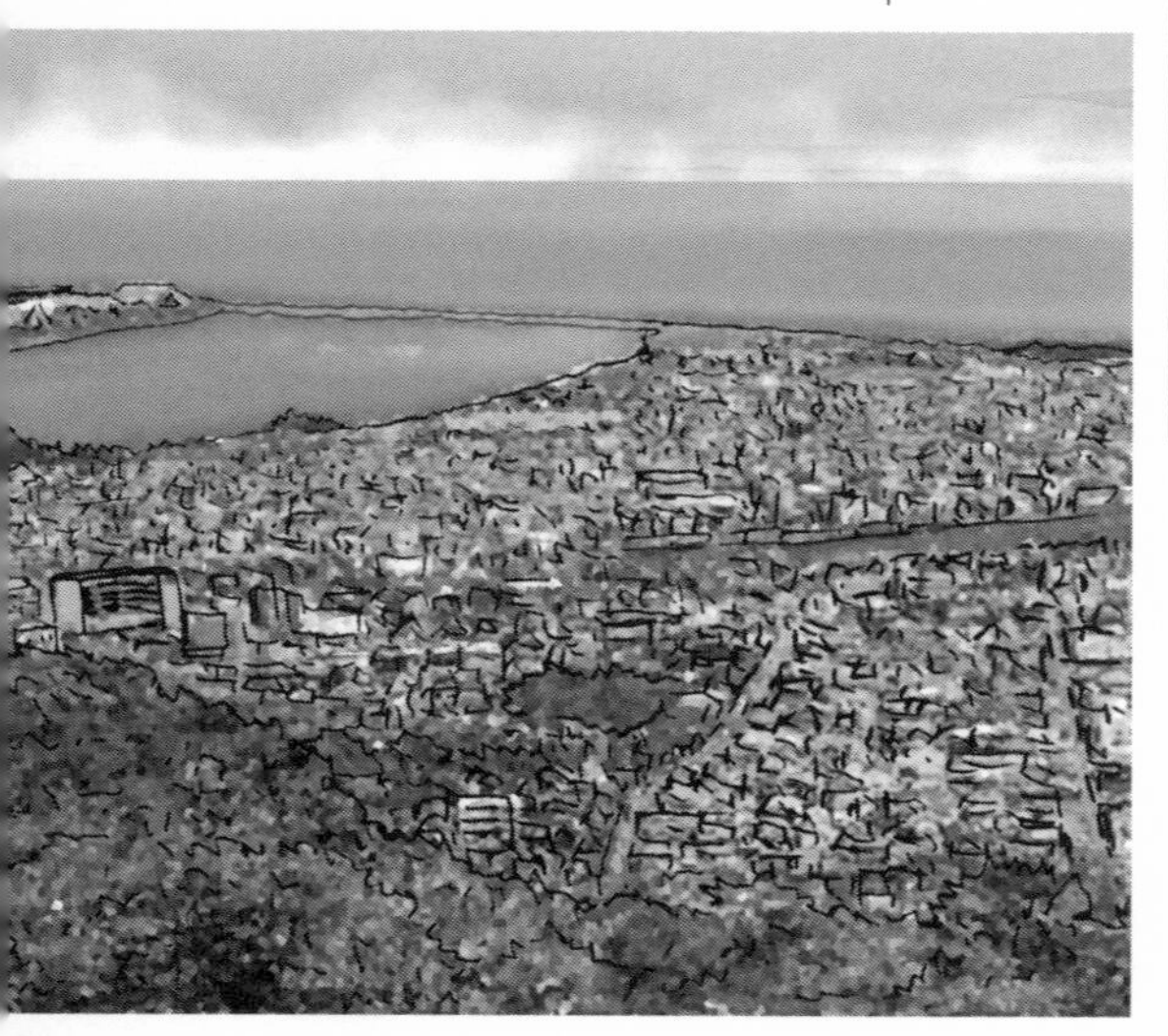

複雑に入り組んだ現実を描写

中上健次は、紀州は和歌山県新宮市の出身。本作で戦後生まれ初の芥川賞作家となりました。作家・大江健三郎の影響を受け、若くして小説家として出発したのですが、『岬』では、すでに独自の鉱脈を掘り当てています。

若い頃の僕は、同時代の日本文学の作家の中で、中上健次が最も好きでした。僕が作家デビューを果たしてしばらく後、人を介して「会いたい」との伝言があったのですが、諸般の事情でかないませんでした。それから何年かして中上が急逝し、あの時に会っておけば良かった、と悔やんだものです。

『岬』は、中上の代表作です。舞台は和歌山県。母と義父、義兄の4

人暮らしをする若者・秋幸（あきゆき）が主人公です。

秋幸は大阪の建設会社を半年で辞（や）めて、義父の組で建設作業員になるのですが、義兄と仕事のトラブルがあって、義父ともうまくいかず、姉の美恵の夫の組で働くようになります。

彼は、自身の仕事が性（しょう）に合っています。建設作業員は「日と共に働き、日と共に働きやめる」「一日、土をほじくり、すくいあげる」「土には、人間の心のように綾（あや）というものがない」――「この単純さが好きだった」というのです。

つまり、秋幸は、清い水のような、濁（にご）りのない、単純な生を求めている。

ところが、彼の生きている現実は、入り組んでいます。

彼には、きょうだいが5人いるのですが、3人は父親が違う。また、1人は義理のきょうだいです。

一番上の兄は、若くして首を吊（つ）って死にました。その出来事が彼の生に影を落としています。

　そして、物語が進行するにつれて、美恵の夫の妹の連れ合いが、仲の悪い義兄を刺殺する事件が起こり、それをきっかけに美恵は気がふれてしまう。

　幼子のようになってしまった美恵と一緒に、きょうだいが岬へピクニックに行く場面は、読みどころの一つです。

「岬と海が見える。日が雲でおおわれる。墓地の前の崖っぷちの真下は、竹林だった。風に波打ち、色が変った。その下に、遮るものもなく、芝生がつづく。岬の突端が、ちょうど矢尻の形をして、海に喰い込んでいる。海も、青緑だった。岬の黒っぽい岩に波が打ちよせ、しぶく」

　この後、秋幸が「その身に、酷いことを被りたかった」という結末へ向かうのですが、その瞬間、彼は「海にくい込んだ矢尻のような岬を思い浮かべた。もっと盛りあがり、高くなれと思った。海など裂いてしまえ」と。

本作の底には、生の禍々(まがまが)しさがとぐろを巻(ま)いています。中上は、よく「切れば血が出る小説」を書きたいと言いました。まさに『岬』はそうでしょう。

「中国・四国編」

とっとり
鳥取

『マツバガニ』

木山捷平

参考文献　『木山捷平ユーモア全集』全1巻　永田書房

笑顔が紡ぐ食と交歓の爽風

木山捷平は、昭和に活躍した作家で、私小説の書き手として名をはせました。『マツバガニ』は、主に鳥取県が舞台となります。

晩秋の夜更け、新聞を読んでいたら、不意に家の電話が鳴る。夜遅くの電話は、あまりいい知らせでないことが多い。

主人公の辰造が受話器を取ると、交換手が、鳥取からだという。折しも辰造が読んでいた記事は、大山で観光客の乗ったリフトが落ちて、死傷者が出たというもの。

大山は、中国地方の最高峰で、鳥取県の有数な観光地です。辰造もこの山を訪れて、当のリフトに乗ったことがあり、その時のことを思い出していたところだったのです。

電話の相手は、現地で偶然に出会った若い女性・文子でした。彼女と食事をした時、三朝温泉で松葉ガニを食べようと思ったら、禁漁中だったという話になった。

それを覚えていた文子は、明日、松葉ガニの初物を届けるので、東京駅まで迎えに来てもらえないかと言うのです。辰造は彼女を迎えに行くことになりました。

文子は、竹籠に入った松葉ガニを手渡すと、帰りの新幹線の時間まで東京見物をして、すぐに帰ってしまう。

実は、文子の夫は、猟で誤って人を撃ち殺してしまい、神経を病んで、夫婦は別居しているという事情があります。

心の弱っている文子は、鳥取県で出会った時の、辰造の笑顔に魅了された。それで、また会いたくなったようなのです。

日本の私小説作家は、小説でもあり、エッセーでもあるような、このような作品を書くことが珍しくありません。

ところで、気になるのは、松葉ガニ。鳥取県の松葉ガニは有名で、中でも五輝星（いつきぼし）という希少種は、かつて（２０１９年）、初競り（はつせ）で一杯に５００万円の高値（たかね）がつきました。

辰造の手元に届いた松葉ガニが、いくらだったかは分かりません。

しかしそう安くはなかったでしょう。

笑顔一つが、高価な松葉ガニに変わる。不思議な作品です。

しまね
島根

『松江印象記』

芥川龍之介

参考文献　『芥川竜之介紀行文集』岩波文庫

〝水都〟に息づく詩情と歴史

芥川龍之介は夏目漱石に師事して、日本語で書かれた近代文学のスタンダードとなる作品を残した小説家です。主に短編小説をたくさん書いて、そのうちの一つ『羅生門』は、黒澤明監督によって映画化もされました。

芥川は東京帝大の学生だった頃、島根県の松江に旅をします。この地の出身である一高時代からの友人を訪ねたのです。

「松江へ来て、先自分の心を惹かれたものは、この市を縦横に貫いている川の水とその川の上に架けられた多くの木造の橋とであった」

松江に着いた日の夕暮れ、大橋の擬宝珠（ネギの花の形をした飾り）が雨にぬれて光っていたので、よけいに美しく見えたと綴っています。

松江は「あらゆる水」を持っている。
「椿が濃い紅の実をつづる下に暗くよどんでいる濠の水から、灘門の外に動くともなく動いてゆく柳の葉のように青い川の水になって、滑な硝子板のような光沢のある、どことなくＬＩＦＥＬＩＫＥな湖水の水に変るまで、水は松江を縦横に貫流」している、とあります。

また、芥川の目は、千鳥城（松江城）の天主閣（天守閣）に留まりました。天主の名称が示すように天主閣は、天主教（キリスト教）の渡来とともに輸入されたのですが、先人たちの工夫で、この国の風土になじむまで同化した、と考えます。

急激な近代化＝西洋化を進めて、かつての歴史的な遺産を次々に滅ぼしていった明治政府も、この天主閣には手を付けなかった――これは松江の人々にとって幸いだった、と言います。

彼が松江を訪れたのは、大正の初め。まだ、町並みには古風な面影が残っていたのかもしれません。

僕は、随分前になりますが、ラジオドラマのシナリオを書くために、松江を取材しました。海のように広い宍道湖を見て驚いたのを覚えています。何といっても忘れられないのは、放送局のディレクターに連れて行ってもらった郷土料理の店で供された、宍道湖の鰻のたたきの味。この料理は、全国から人を呼ぶそうです。

あー、食べたくなってきた。

おかやま
岡山

『風の中の子供』

坪田譲治

参考文献　『風の中の子供』小峰書店

濃厚に流れる「昭和」の子と故郷

この物語の舞台は、現在の岡山市といわれています。1年生の三平は、上級生の金太郎から、お前のお父さんは会社を首になって警察へ連れて行かれると非難されてけんかになる。

その後、専務を務める父親・一郎は、私文書偽造の疑いで逮捕され、生活の立たなくなった母親は、三平の身の処遇を考えます。

実家には、兄の善太と母親が残りましたが、家も家財も差し押さえられます。三平は、軍医だった鵜飼いの伯父と一緒に暮らすことに。その家は近くに川が流れ、山があり、「大きな茅葺の母屋、両脇に離れと診察所の瓦屋根、離れの後は白壁の土蔵、土蔵の戸口に太い高い松の木」——昭和の初めの、山深い村の風景が想像できる家です。

三平は、高い木に登り、たらいに乗って川を流れ、池でかっぱを見るんだと姿を隠し、村中の男たちが捜索を始める始末。あまりのやんちゃさに手を焼いた伯母は、三平を実家へ戻してしまいます。困り果てた母親は心中まで考える。

しかし、私文書偽造が、実は一郎を重役の地位から追い落とそうとした人物の陰謀であることが発覚し、家族も元通りになりました。

坪田譲治は、この作品で作家としての地歩を確立しました。子どもの姿が、実に生き生きと描かれています。

例えば、生活に困窮した母親が川を眺めて思い詰めるシーン――。

「お母さんが話をやめて、水を一心に見つめ出すと、三平は欄干に登って、その上に跨がった。その方がラクチンで、面白い。鵜飼のおじさんの乗馬を真似てみたい気にもなって来る。そこで尻を上げ身体をゆする。両手を前に、手綱を持つ様子をつくる。

『パカパカ、パカパカ。』

つい、側のお母さんを忘れ、口の中で蹄の音を立ててみる」

母親は、そんなわが子を見て、生きる勇気を得るのです。

坪田譲治は、17歳まで岡山で育ちました。この作品には、昭和の故郷の空気が濃厚に流れているのでしょう。

おかやま
岡山

『入江のほとり』

正宗白鳥

参考文献　『何処(どこ)へ　入江のほとり』講談社文芸文庫

瀬戸の美景に重ね映す孤独と鬱屈

正宗白鳥は、明治から昭和にかけて活躍した文学者で、小説だけでなく、評論や戯曲も手掛けています。

この作品が書かれたのは１９１５年（大正４年）。舞台は、解説によると、「明治なかごろの瀬戸内海の入江のほとりの村」。作者の故郷・岡山県和気郡穂浪村（現在の備前市穂浪）といわれています。

家族のもとへ、長兄の栄一から、奈良からの絵はがきが届く。そこには大阪で遊んでから帰省するとあった。

妹の勝代は、それを読み上げて、ほかの兄弟と話題にします。話に加わっているのは、良吉と辰男。この辰男が主要な登場人物の一人です。

彼は、村の小学校で代用教員をしているらしい。勤めの傍ら、もう何年も独学で英語の勉強をしています。

東京の英語学校で学んだ弟の良吉には、英語の独学は骨折り損だから、正教員の試験を受けろ、と勧められますが、知らん顔です。

親は、子どもの頃にバイオリンを習って音楽家になりたい、というのを聞いてやらなかったから、変わり者になったと思って、「粥でも啜れるくらいの田地を配けてやるつもり」で、放任している。

物語は、主に辰男の姿を淡々と描いていきます。

子どもの頃、入り江で遊んだことを回想する。

「あの時分は川尻に蘆が生えていた。潟からは浅蜊や蜆や蛤がよく獲れて、奇麗な模様をした貝殻も多かった」

現在の風景は、このように――。

「西風の凪いだ後の入江は鏡のようで、漁船や肥舟は眠りを促すような艫の音を立てた」

辰男は、こういう土地で、何やら鬱屈を抱えて生きているのですが、その理由は、どうも分からない。

バイオリンから語学に興味が移った時には、新しい世界が広がるように感じたが、いまはそういう気もしない。

人は、誰にも言えない秘密を抱えている、と白鳥は考えていました。辰男の鬱屈も、その種類のものでしょうか。

ひろしま
広島

『夏の花』

原民喜

参考文献　『小説集　夏の花』岩波文庫

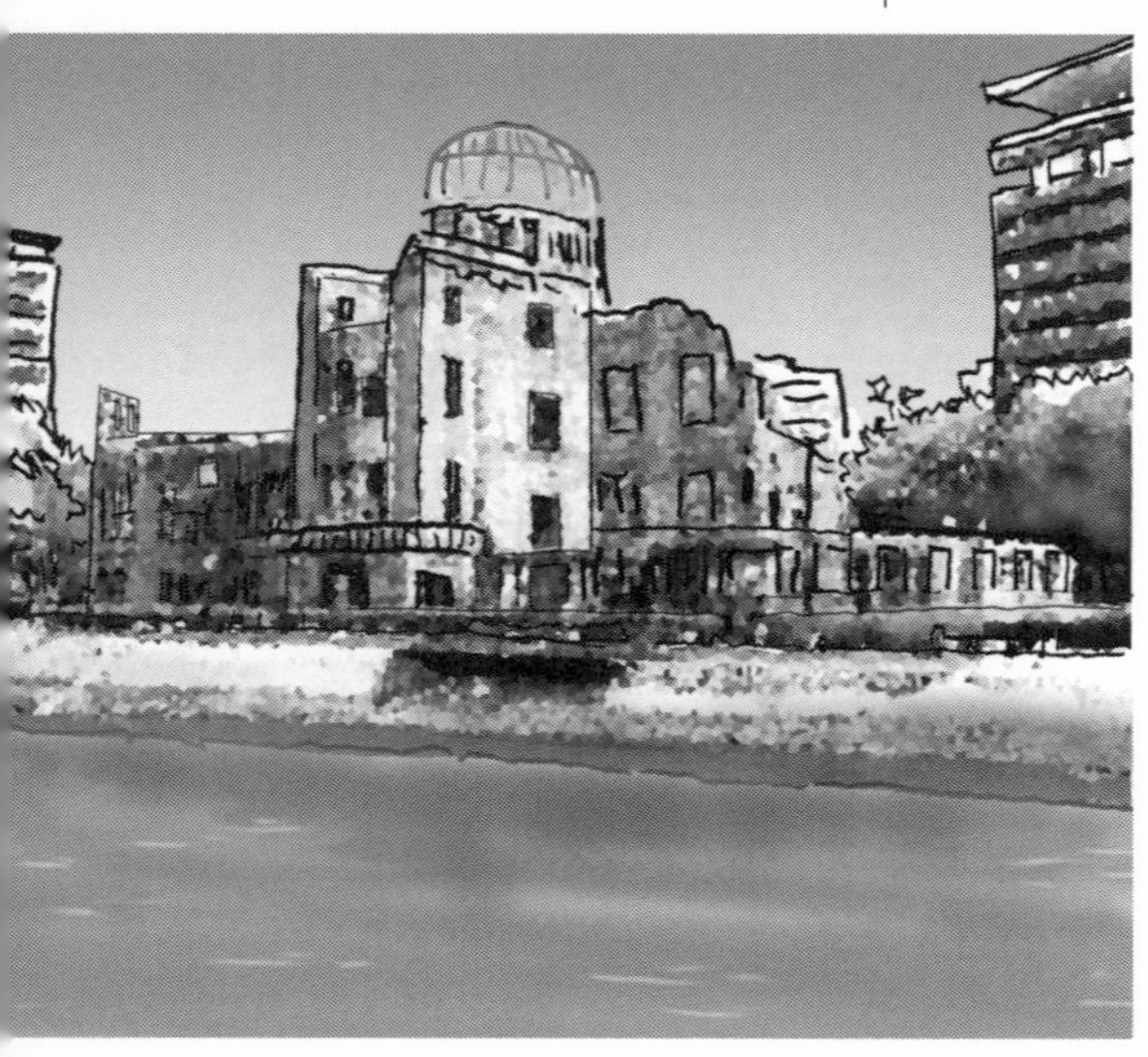

原爆投下で変わり果てた世界

原民喜は、広島出身の詩人・小説家で、第2次大戦中、東京にいたのですが、戦況が厳しくなり、広島市の生家に疎開します。そこで8月6日の原爆を経験しました。

『夏の花』は、妻に先立たれた「私」（原民喜自身と思われます）が、墓参のために花を買う。それが「黄色の小弁の可憐な野趣」を帯びた〝夏の花〟だったという書き出しから始まります。

そして、翌々日の朝、私が厠に入っていたとき、原爆が投下されたのです。私は崩壊する家から逃れるため、外へ出る。そこには見たこともない人々の群れがあった。

「男であるのか、女であるのか、殆ど区別もつかないほど、顔がくちやくちゃに腫れ上って、随って眼は糸のように細まり、唇は思いきり爛れ、それに痛々しい肢体を露出させ、虫の息で彼らは横わっているのであった」

つまり、被爆した人々を目撃しました。逃れる途中、小さな姪が寺の避難所にいると知って訪ねます。ここで夜を明かしたのですが、しょっちゅう念仏の声が聞こえてくる。絶えず誰かが死に、遺体はそのまま捨て置かれる。

やがてこの寺に避難していた私たち家族は調達した馬車で八幡村へ向かった。その道中で目にしたのは「精密巧緻な方法で実現された新地獄」。

私はそれを書き留めるにはカタカナがふさわしいと、次の一節を記します。

ギラギラノ破片ヤ

灰白色ノ燃エガラガ
ヒロビロトシタ　パノラマノヨウニ
アカクヤケタダレタ　ニンゲンノ死体ノキミョウナリズム
スベテアッタコトカ　アリエタコトナノカ
パット剝(は)ギトッテシマッタ　アトノセカイ
テンプクシタ電車ノワキノ
馬ノ胴ナンカノ　フクラミカタハ
プスプストケムル電線ノニオイ

いかにも詩人でもあった小説家らしい文章です。作者は、核兵器による破壊という未曽有(みぞう)の出来事に遭遇(そうぐう)したわけですが、作家としての冷静な観察眼を働かせて言葉を選び、変わり果(は)てた世界を記録しています。

人間の記憶は当てになりません。忘却(ぼうきゃく)という安全装置を備えているからです。だから、文学が必要なのです。文学は、見たまま、聴いたまま、感じたままを言葉によって残します。僕たちも、原民喜の『夏の花』のおかげで、核兵器が世界に何をもたらすのか、知ることができます。

いま僕たちに求められているのは、この作品を過去のものとすることですが、『夏の花』は、残念ながら、現在の文学であり続けています。

図書館での独学

偉人とじかに〝対話〟する熟読玩味

僕は、高校を中退している。理由は小説家になるためだ。若気の至りとしかいいようがない。でも、当時は真剣だった。数学とか物理とか、そういう方面にはまったく興味がなかった。

僕は大学でクリエーティブ・ライティング（創作科）のクラスで小説の書き方を教えているが、その頃の日本には、そんな授業はなかった。もしかすると、あったかもしれないが、少なくとも僕の身の回りにはなかった。

それで、自分でクリエーティブ・ライティングの教室を立ち上げようと思った。学校を創るわけではない。学生は、僕だけである。

僕は親に言った。

「将来、小説家になりたい、そのための勉強をするから高校を辞める。大学にやったつもりで、しばらく生活の面倒を見てほしい」

親が子どもの、そんな言い分を聞くはずがない。僕はこっそり実印を持ち出して高校の退学届に署名、押印して事務局に出した。あっさり受け付けてくれた。

翌日から、クリエーティブ・ライティングの授業は始まった。教室は公営の図書館である。そこで日本文学全集、世界文学全集を読んだ。一流の小説家が書く作品を読めば、いい作品の標準が分かる。僕はそうして、小説を読む眼を養った。

僕の授業を担当してくれる教師は、谷崎潤一郎であり、ドストエフスキーだった。ちなみに、美術はマルセル・デュシャン、音楽はジョン・ケージ、映画はジャン・リュック・ゴダール。こんなぜいたくな文学学校は、ほかにない。

20歳を過ぎて、ヨーロッパの前衛文学に傾倒していた僕は、なかなか作家デビューすることができず、結局、大学に入って、業界誌の記者や学習塾の講師を勤めながら、小説を書き続けた。そして、前衛を卒業して、29歳で、ある出版社の新人文学賞をもらった。

図書館での日々は、本当に充実していた。あの時の読書は、いまの小説家としての僕の基礎をかたちづくっている。だからと言って、やりたいことがある人は、高校を中退しなさい、と言いたいわけではない。逆に、大学程度の学識は身に付けていたほうがいいと思う。

いま僕は、小説を書くために、生物学や物理学を学んでいる。今度は、そのために図書館へ通っている。

これは図書館を利用した独学の勧めである。

やまぐち
山口

『萩のもんかきや』

中野重治

参考文献　『五勺の酒　萩のもんかきや』講談社文芸文庫

静かに語る戦禍、残された悲しみ

中野重治は、昭和に活躍した詩人、小説家ですが、政治にも深く関わって、国会議員としても働いています。

『萩のもんかきや』は、幅広く社会を見つめ続けた文学者の、随筆とも紀行とも読める、優れた短編小説です。

よわい50となった「私」は、複雑に絡み合った人間関係を解きほぐすという厄介事を頼まれて、山口県の萩に向かいます。

そこでようやく懸案を解決して、萩の町を観光する。

「それは、小さな、しずかな町だった。松下村塾というのもおととい見た。川の水が澄んでいる。家並が低い」

これが萩の第一印象です。「私」は、さらにぶらぶら歩く。

「そのうちいくらか人通りのあるところへ出た。橋がある。それを越すとすこしにぎやかになる。呉服屋、文房具屋、油屋、電気器具屋なんかがある。また少しにぎやかになる」

菓子屋があった。「私」は旅に出ても土産を買ったことがありません。けれど、好物の夏ミカンの砂糖漬けを見つけて、買った。その包みを抱えて、また、ぶらぶら歩きます。

「なんとなく裏通りといった感じの町になった。横丁へは切れなかったから、目ぬきの通りがだんだんにつぼまって、萩の町そのものの端にかかっているのだろう」

妙なものを見つけました。ガラス戸の向こうで、こっちを向いた若い女が、一心に細かな手作業をしている、ちっぽけな店です。

表には、小さな木の板に「もんかきや」とあり、その下にもっと小さな板で「戦死者の家」とあります。

「私」は、それが「紋描き屋」であることを了解します。戦後11年。

若い女は夫を戦争で失った寡婦(かふ)でしょう。一つ紋を描いて、いくらになるのか。それでも彼女は、生計(せいけい)を立てるために紋描きをしている。

作者は、声高(こわだか)に反戦を叫(さけ)ぶことなく、戦争の悲惨(ひさん)さ、残された者の悲しみを表しました。

かがわ

香川

『瀬戸内海のスケッチ』

黒島伝治

参考文献　山本善行選『瀬戸内海のスケッチ　黒島伝治作品集』サウダージ・ブックス

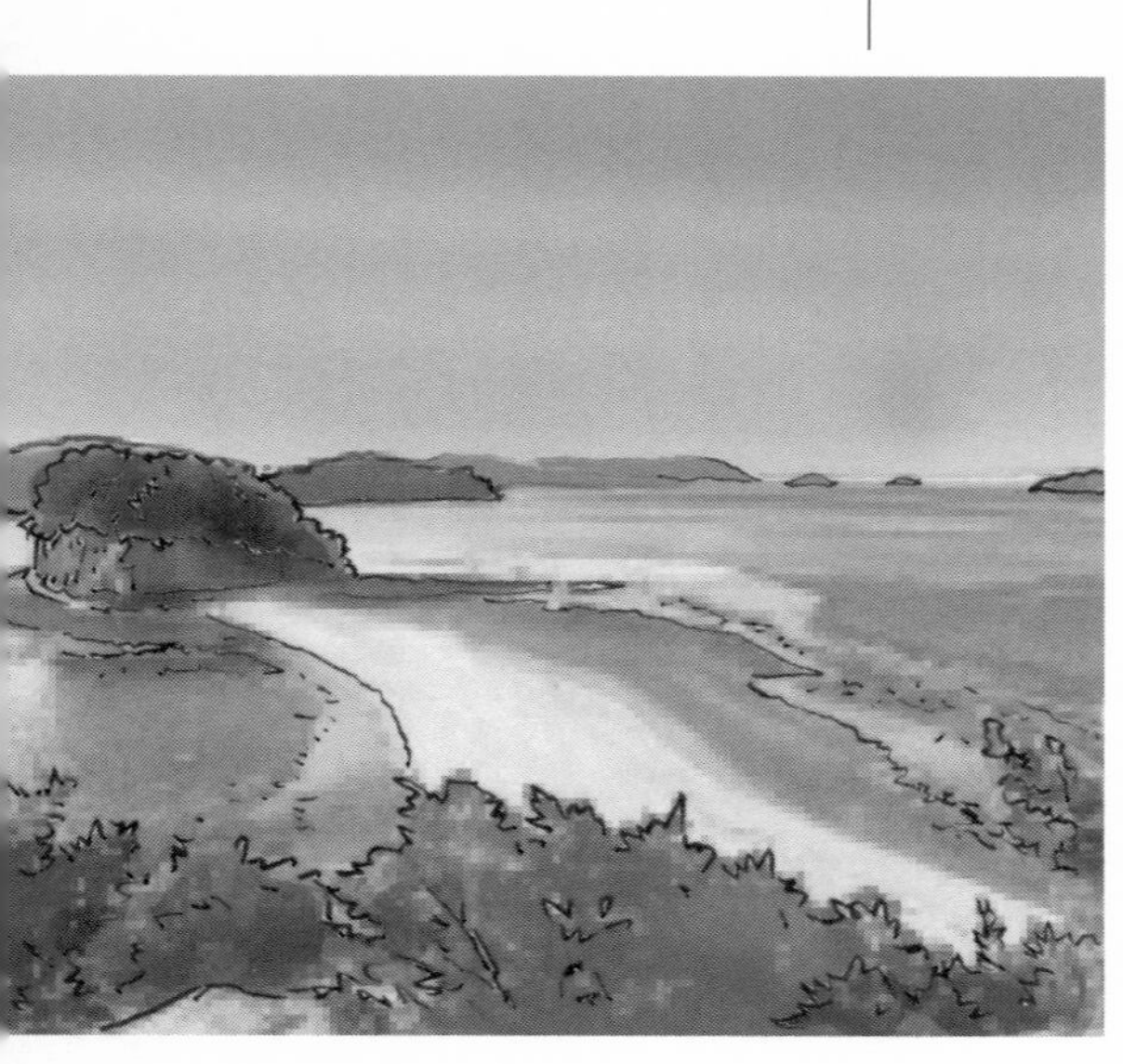

風土・暮らしを鮮やかに描く

黒島伝治は、香川県の小豆島に生まれ、シベリアへ出兵して看護兵に。兵役後、小説を書くようになり、農村を描くプロレタリア作家として注目されましたが、肺を患って小豆島で療養生活を送ることになります。

本作も、小豆島と思しき土地で暮らす作者の日常を描いています。「都会に住むと天候を気にしないで過す日が多いが、この瀬戸内海の島にいると第一番の関心事となるのは天候である」。初秋に体調が悪くなるのは「低気圧の来る前駆症状」。外に出ると「薄墨色かかった雲が、低空を南々東から北々西へ飛ぶように流れている。時々雲のきれ間から見上げる上空の白雲は、低空の雲足が早いため丁度その反対に動いているように見える。雲の先端は、巻毛のようにまくれこみながら、全速力で、突進している」。

農民たちは、この空模様を見ると、畑のものを取り入れ、板戸を窓に嵌め込み、台風に備える。

この時の台風は凄まじかった。隣家から瓦や瓦礫が飛んで来て、私自身も飛ばされそうになる。落ち着いたころ海岸の様子を見に行くと、波止場、突堤、埋め立て地が高潮に没し、無数の新しい下駄が浮いていた。下駄を積んだ船が遭難し、船長が行方不明になっている。５、６艘の伝馬船が下駄を回収して、潮が引いた埋め立て地へ集めた。下駄屋の番頭は、膨大な量の下駄の整理をし始める。

翌日、電報を見た下駄屋の主がやって来て、傷ものの下駄を安値で売り捌く。すると、まるで下駄の市でも立ったように、女たちが集まってきた。もうバーゲンセールのような騒ぎで、あっちでもこっちでも賑やかなこと。そこに島の下駄屋の女将まで現れ、「この下駄を買うていんで店で売るつもりじゃな」と陰口が聞こえる。しかし女将はびくともせず、「ゼニ払わずに持っていぬ人がありますのう」と言い返す。私の子どもは、下駄屋から下駄をもらったが、妻が捨ててしまった。下駄泥棒の汚名を着せられたからだ。

本作は、瀬戸内の風土と、そこに生きる農民の姿が鮮やかに描かれています。

台風が去った後は、いい秋日和になった。
「空の青さは長らく見なかったと気づくほど澄みきって青かった。これゃあ颱風禍をつぐなってあまりがある。ふと私はそんな気がした。それほどこの青空には値打があるように思われた。だがあの暴風雨を経なければこの青空は見られないのかもしれない」

僕は、この「青空」を見たことがあります。悪天候の後だからこその、澄みきった、手を伸ばせば、指先まで青く染まる空――人の生涯にも同じことがあるものです。

えひめ
愛媛

『坊っちゃん』

夏目漱石

参考文献　『坊っちゃん』角川文庫

語りを聴くような文章のリズム

舞台となる土地について詳しくは書かれていませんが、夏目漱石が愛媛県松山市の中学で教壇に立ったことを考えれば、この経験が下敷きにあると思われます。

僕は、かつて松山市へ講演に行ったことがあります。漱石も愛した道後温泉に入る予定でしたが、疲れて寝てしまいました。帰りの機中、同行した妻が、早朝から温泉に入り、漱石の泊まった部屋でとろとろ眠ったと聞いて、とても残念な思いをしました。

漱石は、国民作家と呼ぶにふさわしい小説家です。学識も豊かで、新しい日本文学の開拓者でした。その作品はモダンクラシックとして、いまも読み継がれています。

中でも『坊っちゃん』は屈指の名作です。何より、文章がいい。「親譲りの無鉄砲で子供の時から損ばかりしている」という書き出しから、ほとばしりでるような言葉のリズム、テンポに乗せられて、あっという間に読み終えてしまいます。

小説は、言葉で創造された芸術です。語り口がとても大切で、語り手の声がはっきりと聴こえてくるような作品は、良い作品と言っていいでしょう。その点、本作は、主人公の「おれ」が語っている声が、じかに響いてきて、読み手は、景気のいい語りを聴いているような心地になります。

主人公の「おれ」は、江戸っ子で、曲がったことの嫌いな一本気の性格。物理学校を終えると、四国の中学校へ数学の教師として赴任する。「おれ」は赴任早々、上司や同僚に渾名をつけます。老獪な校長が狸、策士の教頭が赤シャツ、蒼く膨れた顔をした気弱な同僚がうらなり、腕力の強そうな同僚が山嵐。物語は、うらなりの美しい、いいなずけ

（通称マドンナ）を赤シャツが奪おうとして、さまざまな策を弄することを軸に進んでいきます。

主人公は、策に落ちて中学から排除される山嵐と、赤シャツの偽善者ぶりを暴いて、天誅を加えようと、ある作戦を敢行——本作の読みどころは、実際手に取ってみてください。

愛媛と言えば蜜柑。本作でも、主人公の下宿の庭を描写した、こんなくだりがあります。

「庭は十坪ほどの平庭で、これという植木もない。ただ一本の蜜柑があって、塀のそとから、目標になるほど高い。おれはうちへ帰ると、いつでもこの蜜柑をながめる。東京を出たことのないものには蜜柑のなっているところはすこぶる珍しいものだ」

瀬戸内海に面して、天候のいい日が多く、太陽をたっぷり浴び、潮風でミネラルを含む土壌が、美味しい蜜柑を生むそうです。ちなみに、松山空港にはオレンジジュースの出る蛇口がある！

こうち

高知

『へんろう宿』

井伏鱒二

参考文献　『井伏鱒二全集』第九巻「へんろう宿」筑摩書房

波洗(あら)う岬(みさき)に息づく人世(じんせい)の情

表題の「へんろう」とは遍路(へんろ)のことで、四国八十八カ所の霊場(れいじょう)を巡(めぐ)る旅のことです。作者は、この短編小説を、高知県の室戸岬(むろとみさき)へのバスの中で着想を得たと言っています。

語り手の「私」は、バスで居眠(いねむ)りをして、遍路岬で降りた。帰るには引き返さなくてはならないのだが、用向きも済んでしまったので、遍路岬の集落で泊(と)まることにした。

「遍路岬の部落は遍路岬村字(あざ)黄岬といふ。街道の両側に平屋ばかりの人家がならび、一本路の部落だから道に迷ふ心配はない」

「私」は行き会った漁師(りょうし)に宿を尋(たず)ねるのだが、へんろう宿が１軒(けん)あるきりだという。その宿・波濤館(はとうかん)へ行くと、３部屋しか客間のない貧相(ひんそう)

なところ。
しかしお手伝いさんが5人いる。そのくせ、あるじもおかみもいない。漁師屋を宿にしたものだろうと思って声を掛けた。案内してくれたのは80ぐらいのおばあさん。入れ代わりにお茶を持ってきた60ぐらいのおばあさんは「百石積みの宝船の夢でも見たがよございますらう」と下がった。

疲れていたのですぐ眠ってしまい、ふと目覚めると、隣からの話し声が聞こえる。ほかの客とお手伝いさんらが飲んでいるらしい。

「オカネ婆さんは誰の子やね。やっぱり、へんろうか」

「それやわかりませんよ。オカネ婆さんのその前にをつた婆さんも、やつぱりここな宿に泊つたお客の棄てて行つた嬰児が、ここで年をとつてお婆さんになりました」

このへんろう宿には子どもを育てられない事情のある人が、わが子を置いていく。土地の人たちは、その子らをちゃんと育て上げるという風習があるのでした。波濤館には2人の少女もいるのですが、恐(おそ)らく、その子たちも捨てられたのです。

作者の井伏鱒二(いぶせますじ)は、この作品をまったくの想像としていますが、本当にそういう風習があったのではないか、という見方もあるようです。

物語は、こう結ばれます。

「その宿の横手の浜砂(はますな)には、浜木綿(はまゆう)が幾株(いくかぶ)も生えてゐた。黒い浜砂と葉の緑の対照は格別であつた」

見事な一品です。

とくしま

徳島

『眉山』

さだまさし

参考文献　『眉山』幻冬舎文庫

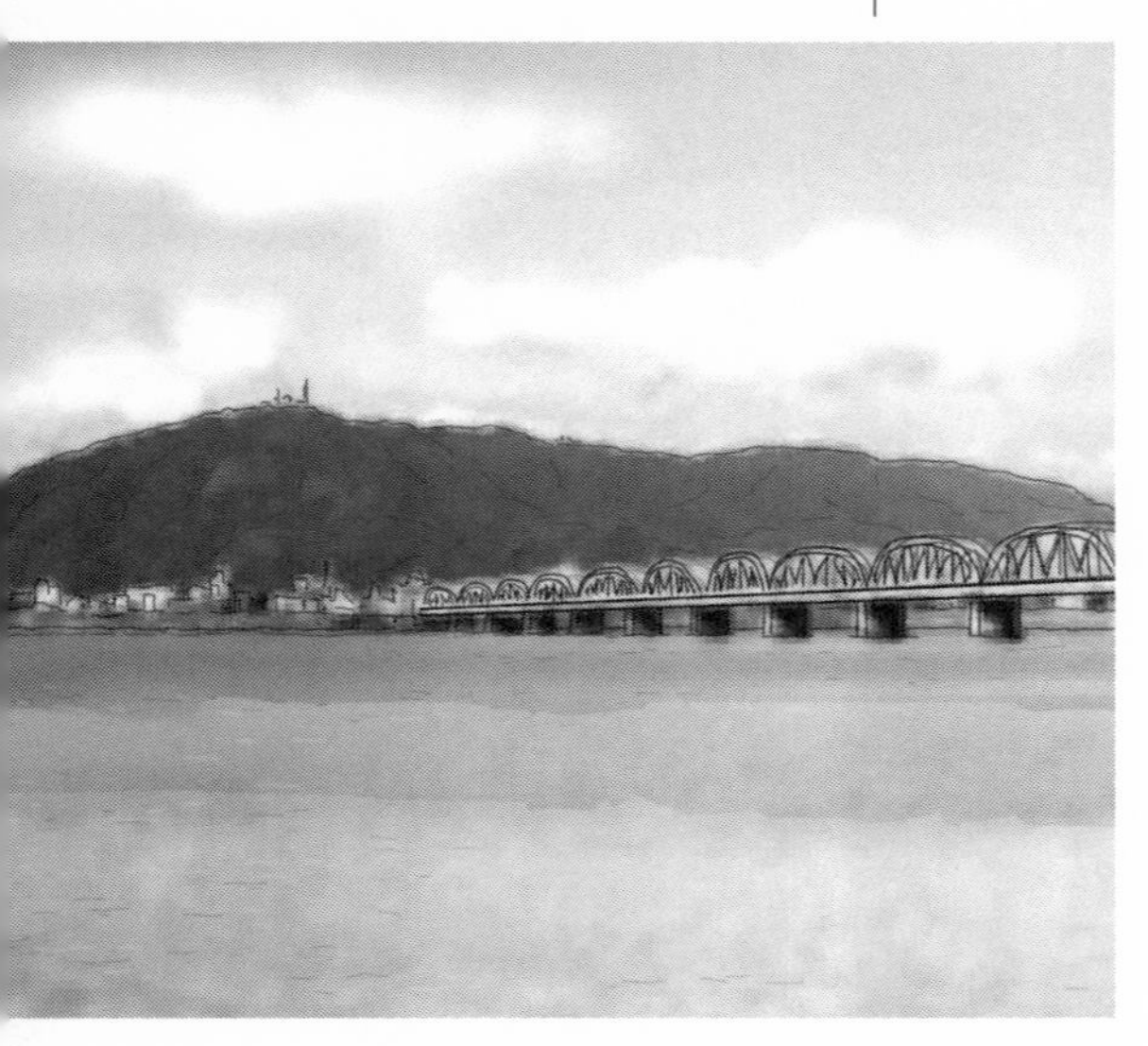

毅然（きぜん）とした女性の生き方を描く

作者のさだまさしは、皆さんがご存じのシンガー・ソングライターです。僕は『眉山（びざん）』を読んで、初めて彼が小説を書いていることを知りました。

本作の舞台は徳島です。眉山は、万葉集にも詠（よ）まれている古くからの名所。

眉のごと雲居（くもゐ）に見ゆる阿波の山かけて漕（こ）ぐ舟泊（とま）り知らずも

僕も徳島へ行った時、見物しましたが、小さく、穏（おだ）やかな山です。

語り手は、東京の旅行代理店に勤めている河野咲子。作中で誕生日を迎えて34歳になります。

冒頭は、咲子が母・龍子の暮らしていた徳島市を訪れたところから始まります。

「もう九月の終わりだというのに四国の秋は遅い。／徳島市内では、まだ残暑が続いていて、じっとしていても汗ばんでくる。／それでも、こうして腰掛けている足下を吹くとはなしに吹く風には、少し秋の香りが混じる。／吉野川の遥か向こうに、遠く眉山が見えた」

ここから時が巻き戻って本格的に物語が動く。咲子の携帯が鳴って、看護師からお母さんが「錯乱した」と告げられるのです。龍子は、3年前にパーキンソン病を発症し、独りで介護認定を受け、ケアハウスに入ってしまった。

体調が悪化して入院となり、咲子は主治医から、母が末期の癌であることを知らされます。龍子は、神田鍛冶町生まれの江戸っ子であることを誇りにし、「神田のお龍」を名乗っていましたが、なぜか徳島市で飲み屋を営んでいた。

咲子は母子家庭であることに違和感を持っていて、17歳の時、本当に父は亡くなったのかと母を問い詰め、不倫の果てに生まれた子どもであることを知ります。そこから作者は巧みなストーリーテリングで、なぜ江戸っ子の母が徳島へ住み着いたのか、死を意識した時に献体を決めたのか、さまざま用意してあった謎を解いてゆき、結末の阿波踊りの場面に至ります。

阿波踊りで一心不乱に踊っていると、「頭の芯まで真っ白になって、そのくせ身体の奥から感動に似た波が湧きおこってくる」ことを「ぞめき」というらしいのですが、この小説を読んでいると、ぞめきめいたものを感じます。

何と言っても、龍子というキャラクターが、いい。曲がったこと、権柄ずくのものが嫌いで、間違ったことを言ったりしたりすると、相手が誰であろうと、威勢のいい啖呵を切ってやり込めてしまう。気の弱い僕から見ると（嘘じゃありません）、ああ、こんな人になりたいと思ってしまいます。

ところで、徳島の人は、何にでも、すだちをかけて食べるのが普通だそうです。すだちジュース、旨かったな。

「九州・沖縄編」

ふくおか
福岡

『骨壺の風景』

松本清張

参考文献　『宮部みゆき責任編集　松本清張　傑作短篇コレクション下』文春文庫

市井の家族の情愛を切々と描く

松本清張と言えば、社会派ミステリーで一世を風靡した作家です。少なくない作品が映像化されて、没後のいまもたくさんのファンがいます。

エンターテインメント小説の大家なのですが、実は芥川賞を受けて文壇にデビューしました。本作も、ミステリーと思って手に取った人は期待外れになるでしょうが、この作家の本質的な貌を見られます。なおかつ、しみじみとした感動を味わうこともできます。

語り手の「私」は、昭和の初めに亡くなった祖母・カネの骨壺が、両親の墓のある東京の多磨霊園ではなく、むかし暮らしていた九州は小倉の寺院で一時預かりにしてもらい、そのままになっていることが気になりだした。

一時預かりになったのは、一家が貧しくて墓が建てられなかったからです。「私」の父・峯太郎は、さまざまな職業を転々として、どれも成功せずに絶えず借金取りに責められていた。

峯太郎は幼い時、カネ夫婦の元へ里子に出され、実家は戻してくれるように求めたが、夫婦は応じなかったといいます。峯太郎は17、18歳のころ養家を飛び出し、「私」の母・タニと一緒になった。そして、十数年ぶりに、また子連れで養家に戻った。

なぜ、カネ夫婦が峯太郎を実家に返さなかったのか、また、なぜ養家を出奔した峯太郎が戻ったのか、それは分かりません。

骨壺を預けた寺の名も思い出せない「私」は、苦心してそれが戦後の道路拡張で地所を清水へ移った大満寺らしいことを調べ上げます。果たして、過去帳にカネの名があった。しかし骨壺はすでに処分され、遺骨は他の一時預かりの骨と一緒に境内の石塔の下に埋納済み。来年が五十回忌だという。「私」は、せめて位牌を骨壺の代わりに両親の墓へ埋めたいと考え、小倉へ向かった。位牌を手にした後、タクシーで思い出の地を巡る。

父は屋台を出していた。「十四連隊の正門」近くの松の木の木陰で、餅やラムネなどを売っていたのだ。

「私が動くたびに鞄の中でこそこそと音がする。だが、私はその位牌を、重い骨壺に考えたかった。鼠色をした素焼の壺、蓋と胴とを針金で十文字に縛って押入れにごろごろしていた骨壺に。——ばばやん、見んさいよ、あそこの松の木の下におとっつぁんが店を出して居ったんどな」

祖母は「私」を愛し、「私」も祖母を愛した。栄養失調で失明した後、息を引き取る時、閉じた眼から流した一粒の涙は、「ガラス玉のように澄み切っていた」。

この作品は、市井の家族の情愛を切々と描いています。他の清張作品ではできない読書体験ができるのではないでしょうか。

さが
佐賀

『次郎物語』

下村湖人

参考文献　『次郎物語　上下』講談社　青い鳥文庫

少年の成長を描いた自伝的小説

下村湖人（しもむらこじん）は佐賀出身の作家で、『次郎物語』はもともと大人のための小説として執筆（しっぴつ）されました。しかし、作者は主人公・次郎の少年期を書き直します。そこには、この作品を読むことで子どもたちに真っすぐ育ってもらいたいという教育的な配慮（はいりょ）がありました。

物語は、主人公の本田次郎が陰暦（いんれき）8月15日に生まれるところから始まります。

次郎は、生母・お民の乳の出が悪く、乳母・お浜に預けられます。そこで5歳まで育てられ、大人たちは、そろそろ実家に戻そうとするのですが、うまくいきません。

次郎は、お浜に懐（なつ）いていて離れようとしない。そこで、とうとうお民に連れ帰られることになります。

「なわて道がすぎて、村にはいると、お民は、やっと足どりをゆるめ、にぎっていた次郎の手をはなしました。／村といっても、一本筋の場末町みたいなところで、曲がりくねった道の両側には、駄菓子屋、とうふ屋、散髪屋、さかな屋などがならんでいました。その間に種油をしぼる家が何軒もあり、その前を通ると、こうばしいにおいが鼻をうちました。／どの家からも、まだ明かりが道を照らし、蚊やりのけむりが、もうもうと流れだしていました」

　次郎は、なかなか実家に馴染めず、特に同居している父方の祖母は、兄・恭一、弟・俊三を可愛がり、次郎には露骨な冷淡さを見せます。子どもの心は繊細なもの。次郎は、反抗するように、小さな生き物を殺したり、兄の学校の教科書を便所に投げ入れたり、悪戯を繰り返すのです。本田家で次郎を理解してくれるのは父・俊亮だけでした。

　彼は本田家が破産して、先祖伝来の宝物を売り立てしたあとも、次郎に、本当の家の宝は「自分がしなければならないことは、どんなに苦しくっても、やりとげるということだ」と訓戒する大きな人物です。お民の実家の正木の祖父が、差別される次郎をかわいそうに思って、この子を預かると申し出たときも承諾しました。

ところで、作者の湖人はちょくちょく作中に顔を出します。例えば、俊亮が家の宝について説いたが、次郎はちゃんと理解できたのか、と問いを投げ掛け、こんな台詞を残す。

「この答えは、みなさんで、めいめいに考えていただくほうがいいと思いますので、わたしからは、なにもいわないでおくことにいたしましょう」

湖人は、長く教師を務めていたので、こんな案配なのでしょうが、起伏に富んだ物語がテンポ良く展開するので、説教臭さはあまり感じません。結末で、お民が死病の床に伏し、母子の心が通じ合うくだりは泣かせます。

湖人の小説家としての高い力量がうかがえます。

ながさき
長崎

『明日　一九四五年八月八日・長崎』

井上光晴

参考文献　『明日（あした）　一九四五年八月八日・長崎』集英社文庫

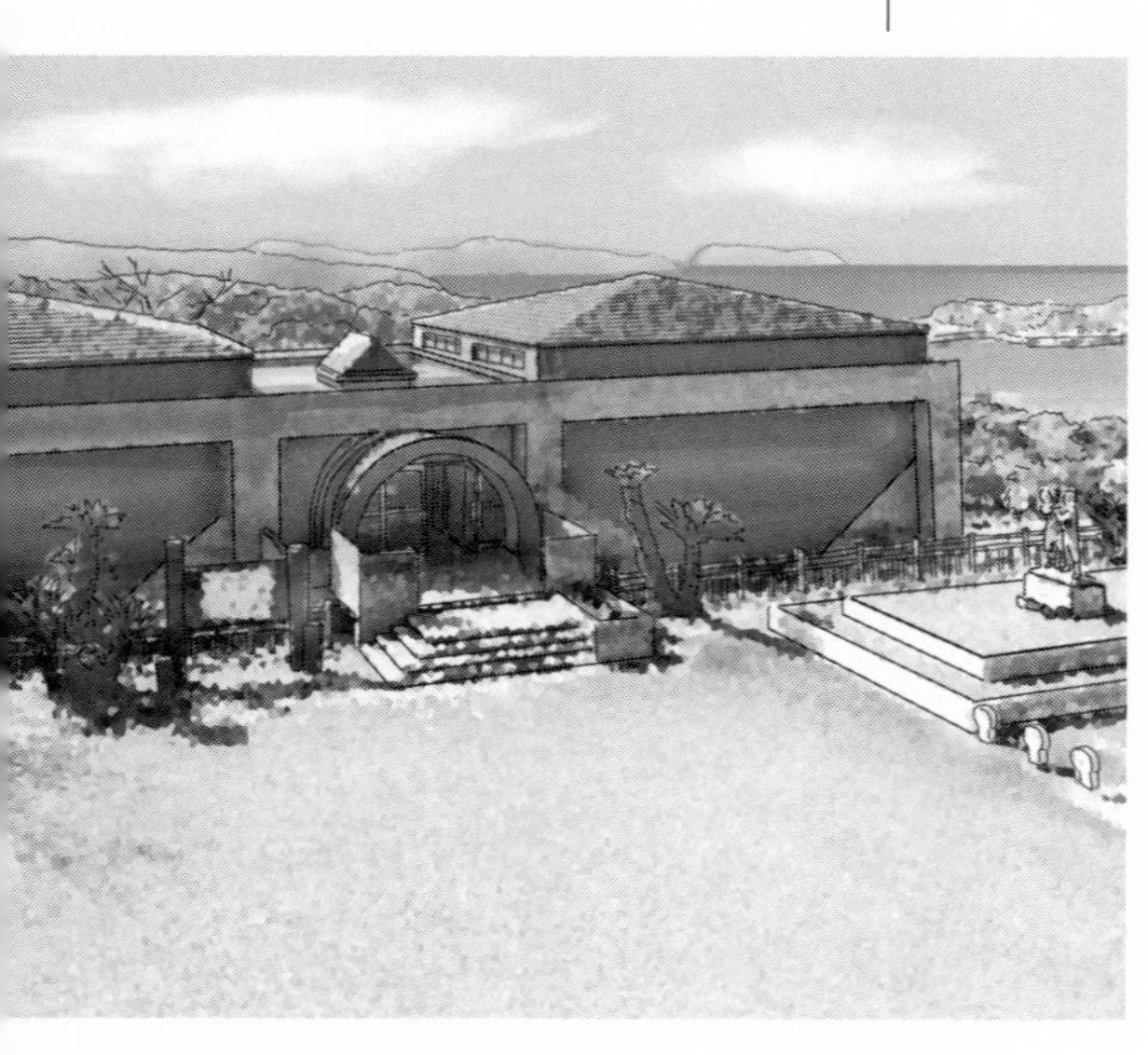

原爆投下の前日にあった日常風景

今回はプチ自慢から始めさせてください。

本作の「解説」を書いているのは、故・秋山駿さん。生前、日本でも屈指の文芸評論家として活躍された方です。

僕がデビューして何年かしたころ、大手の新聞社から出ている週刊誌が届きました。書評欄で秋山さんが僕の小説を取り上げて「私はこの新鋭に期待する」と。手放しで喜んでいたら人を介して秋山さんから連絡があって、居酒屋でご馳走になり、別れ際、「才能のある作家に会えて良かった」と握手を求められました。新人作家として、大いに気合が入ったことは言うまでもありません。

その秋山さんが解説で、著者を「戦後文学の一人の旗手」と評価し、「戦争末期の生活の気分を知りたい読者がいるなら、私はこれを推す」と述べているのが、本作です。

１９４５年8月8日の長崎といえば、歴史を知る僕たちにとって、翌日に何が起きたのかは自明のことです。そう、ヒロシマに次いで原子爆弾が投下されたのです。しかし本作に登場する人々は、その悲惨を知るはずもない。そこにあるのは戦争末期の日常です。

冒頭、ささやかな祝言の模様が描かれます。新婚生活のための家財道具が荷車で運ばれてゆく。

「道端に耕された埃まみれの畑に、熟した種トマトが一個ぶら下がっていて、車輪の響きでも伝わったのか、ねじれた葉っぱがふらっと落ちた。晴間と晴間のあいだをつなぐ薄い雲を通して、じっとりした光線が低いトタン屋根に照り返り、洗いたての下着を汗はいっぺんに濡らした」

花嫁の姉は、今日にも出産する様子。そうかと思えば、市役所では派閥争いが起こり、配給物資や予算を自由にできる役人が横領の罪で捕らわれて裁判にかけられる。

長崎の人々は、明日どのようなことが自分たちの身に降りかかるかも知らぬまま、善悪混じった人間臭い営みを続けている。

「あとがき」には「可能な限りありのままの八月八日を再現しようと試みた」とあります。祝言も、役人の横領による裁判も、実際にあった出来事だといいます。本作の結末は、冒頭で祝言を挙げた花嫁の姉が出産したシーンで終わりますが、これも現実にあったことでしょう。

著者は、そのような人間的な営みが、人間のつくった一発の核兵器で、すべて壊されてしまうことを訴えたかったのだと実感します。そして、再び悲惨な「明日」が来ないように祈っている。

核の惨禍を決して忘れてはなりません。

くまもと

熊本

『苦海浄土』

石牟礼道子

参考文献　『新装版　苦海浄土　わが水俣病』講談社文庫

水俣病患者と家族の内面を描く

「魚は天のくれらすもんでござす。天のくれらすもんを、ただで、わが要ると思うしことって、その日を暮らす。これより上の栄華のどこにゆけばあろうかい」

不知火海の漁師が語るこの栄華を、水俣病は滅ぼしました。水俣病とは、熊本県水俣市の新日本窒素肥料水俣工場の廃液に含まれるメチル水銀化合物を原因とする病です。

海に混じったメチル水銀化合物を魚介類が摂取し、それを食べた人間や動物が発症する中毒性中枢神経疾患をいいます。

本作の冒頭を引きます。

「年に一度か二度、台風でもやって来ぬかぎり、波立つこともない小さな入江を囲んで、湯堂(ゆどう)部落がある。湯堂湾は、こそばゆいまぶたのようなさざ波の上に、小さな舟や鰯籠(いわしかご)などを浮かべていた。子どもたちは真っ裸で、舟から舟へ飛び移ったり、海の中にどぼんと落ち込んでみたりして、遊ぶのだった」

このような穏(おだ)やかな海が、日本で初の公害ともいわれる水俣病に襲(おそ)われたのです。作者の石牟礼道子(いしむれみちこ)は、土地の人々の異変(いへん)を見過ごすことなく、彼らの声に耳を傾(かたむ)け、文章に残しました。

副題に「わが水俣病」とあるように、彼女自身はこの病に罹患(りかん)しなかったものの、悲惨な出来事をおのれの身の上に引き受け、言葉を持たない人のために、語り始めたのです。

当初、本作はノンフィクションと受け止められ、大宅壮一(おおやそういち)賞の対象になったのですが、作者は辞退(じたい)しました。それは水俣病の人々への配慮(はいりょ)ももちろんあったでしょうが、この作品の成り立ちとも関(かか)わっているように思います。

『苦海浄土』という作品の山場は、「ゆき女きき書」と「天の魚」の章でしょう。両章とも聞き書きの体裁で、水俣病の患者や家族の言葉で語られるのですが、実は、これは記録ではないのです。作者は「あの人が心の中で言っていることを文字にすると、ああなるんだもの」と語っています。石牟礼道子は、患者や家族の内面に深く入り込み、その言葉にならぬ言葉を、僕たちにも理解できる言葉にしたのです。

その言葉は、透明な哀しみをたたえているとともに、詩的な美しさも併せ持っています。これが『苦海浄土』という作品の魅力でしょう。

例えば、杢太郎という少年の患者の世話をする祖父の言葉——「この子ば葬ってから、ひとつの穴に、わしどもが後から入って、抱いてやろうごだるとばい」「あねさん、この杢のやつこそ仏さんでござす」。

『苦海浄土』は、水俣病の単なる記録ではなく、いのちというものが、どういうものなのかを表現した文学になり得ています。

おおいた

大分

『由布院行』

中谷宇吉郎

参考文献　樋口敬二編『中谷宇吉郎随筆集』岩波文庫

科学者の観察眼で捉えた風景

中谷宇吉郎は、夏目漱石門下の寺田寅彦を師と仰いで、雪などを研究し、「雪博士」と呼ばれた物理学者です。

一方、師の寺田と同じように多くの随筆を書いて、科学の啓蒙に努めました。寺田と同じく、名文家でもあります。

『由布院行』は、科学エッセーではなく、紀行です。大学を卒業した後も、物理教室の片隅を借りて仕事をしていた中谷。ある夏、「何だか頭が疲れて来たので、思い切って遠くへ出たいような気がして来て」、卒業の報告を兼ねて、九州の伯父を訪ねようと思い立ちます。

この伯父は、幼くして父を亡くした中谷にとって、父代わりの大切な存在で、伯父は彼のことを「悴」と呼んでいたようです。

伯父は、由布院の山の中で、ホテルの主から６０００坪の土地を任されて、庭園を開いています。もともと趣味人で、そのセンスを見込まれたのですね。中谷が訪れた時には、すでに半分以上の土地が「日本式の庭園」になっていて、茅葺きの家がぽつんと一軒立っていたそうです。自動車の音を聴いた伯父は、「素肌に帷子の袖無しを一枚着たまま」で飛び出して来た。早く可愛い甥っ子の顔を見たかったのでしょう。

中谷は、伯父が丹精して作った野菜や鯉や鶏などで饗応され、また由布院の自然を満喫する。中谷が見る由布院の風景には、科学者の観察眼が働いています。

「深山にはいった気持は、雨の降る日が一番強く感ぜられる。由布山の頂は、大抵の日は雲がかかっているのであるが、それが段々降りて来ると、薄墨色の雲がこの盆地一杯に垂れこめて来る」

「こんな日に限って、夕方になるとよく霽れて来る。山の頂がくっきりと浮き出して来て、雲は細長い帯のようになってその麓に静かに横わっている」

実は、僕も由布院を訪ねたことがありますが、有数の温泉地です。伯父が作った庭園にも湖の畔に一軒だけ浴室が立っている。茅葺きの屋根で、木張りの浴槽。ただ、底によく洗った細かな砂利が敷いてあって、足に心地いい。

「それに温泉が非常に透明で、また豊富なために始終出流しになっているので、いつ行って見ても、底の細い黒い砂利がゆらいで見えている」

浴槽からは山も見えるようにしてある。中谷は、大自然の中の温泉に一人浸かって、1週間もいるうちに、すっかり気分が変わったようです。

帰り際、伯母は名残を惜しむのですが、伯父は淡泊で、「何処にいるのも同じこった。来年の休みにはまた来い」と言う。離れていても心は共にあるということなのでしょう。このような人情に触れるのもまた、旅の醍醐味です。

みやざき
宮崎

『海があるということは』

川崎洋

参考文献　水内喜久雄選・著／今成敏夫絵
『川崎洋詩集　海があるということは』理論社

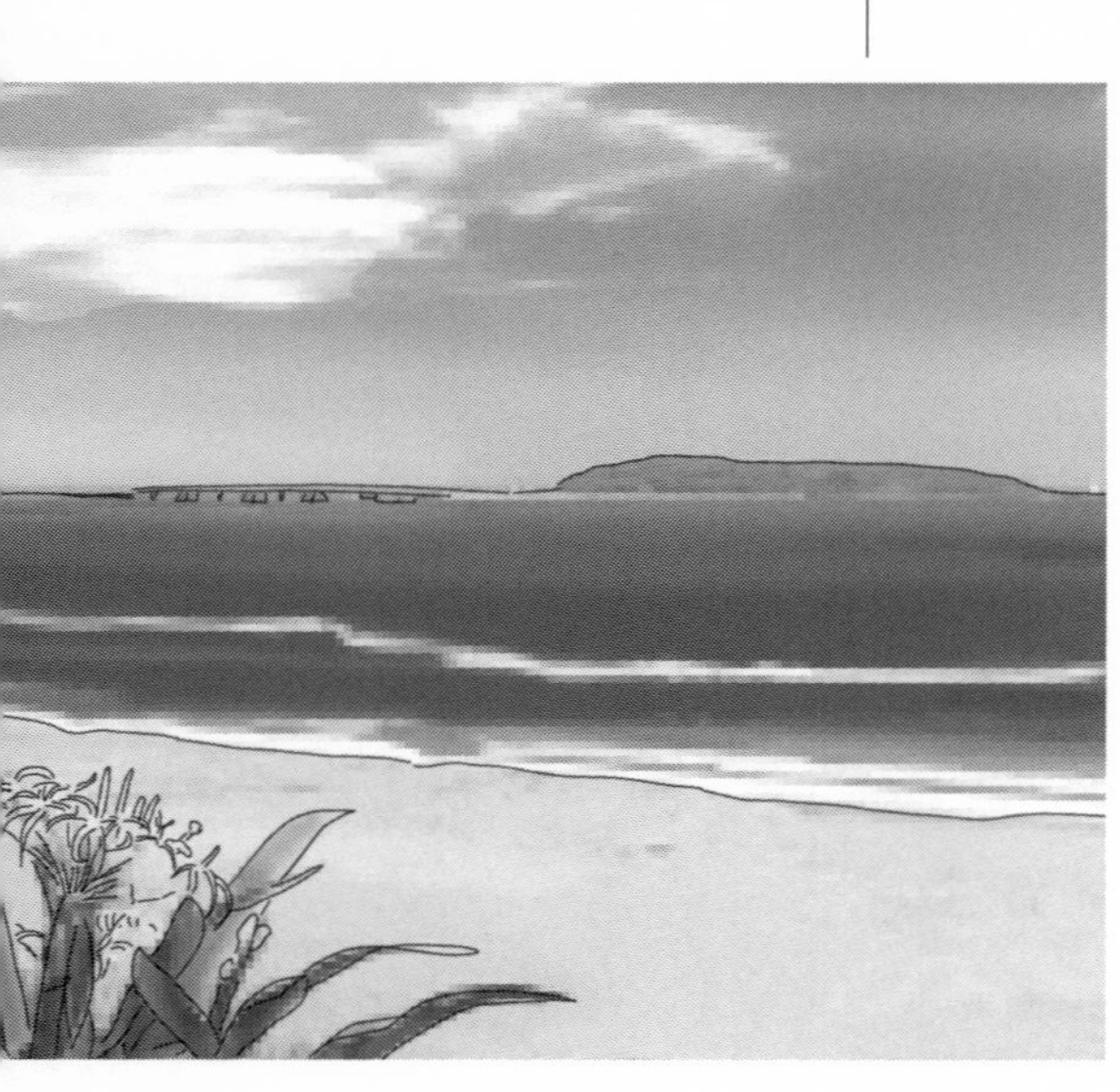

すがすがしい気分になる詩集

川崎洋(ひろし)は詩人です。それ以外に放送作家として働いた。優(すぐ)れたラジオドラマの書き手でもありました。

僕の好きな詩に「いま始まる新しいいま」があります。

冒頭を引くと——。

「心臓から送り出された新鮮(しんせん)な血液は／十数秒で全身をめぐる／わたしはさっきのわたしではない／そしてあなたも／わたしたちはいつも新しい」

この一節を読むたびに、深い森の奥で湧(わ)く、透(す)きとおった石清水(いわしみず)で魂(たましい)を洗われたような、さっぱりときれいな気持ちになります。

また、川崎は、海が好きで、いい海の詩をいくつも書いている。本人が言うには「塩分の混じった空気が好きというか、なんとなく合っているのです」「ほんとうは海が見えるところに住みたいんだけれど」。もっとも彼は40年以上も神奈川・横須賀に住んでいたので、海の近くにはいたわけです。

実は、僕のふるさとは中部地方の海辺の町で、実家から徒歩5、6分で海に出ます。だから、海を書いた川崎の詩がよく実感できる。例えば、海を見ていると、「ぱたり　ぱたり　とひるがえっている波が」押し寄せては引き、引いては押し寄せ、その永遠とも思える繰り返しが、「全くあずかり知らぬ間に／私を癒してくれている／ということがあるかも知れぬ」。

僕は若いころ、鬱屈した気分になると、海へ行き、「ぱたり　ぱたり　とひるがえっている波」を眺めました。何をするでもなく、ただひたすら、寄せては返す波を、広くたゆたう海原を、ずっと彼方にある水平線に目を遣っている。

すると、いつか自分の心が海に溶(と)け込み、海の一部になっていくようで、そのうち鬱屈した気分が消えていることに気付くのです。川崎は書いています。

「海と呼ばずに／気障(きざ)ではあるが／広いやすらぎ　なんて／呼ぼうか」

　彼はいろいろな海を見たでしょうが、「今年の夏　ついこのあいだ／宮崎の海で　以下のことに出逢(であ)いました」と始まる「海で」という詩があります。

　浜辺で二人の若者が壜(びん)に海の水を詰(つ)めている。聞けば、彼らは生まれて初めて海を見て、朝から夜まで揺(ゆ)れているので驚いた。だから、海の水を持ち帰って盥(たらい)に入れ、水が一日中、揺れているのを眺めようと思うと。詩人が感激して宿の人に伝えると「あなたもかつがれたのかね／あの二人は／近所の漁師(りょうし)の息子だよ／と云われたのです」。

　これが事実を書いたのかどうか分かりません。しかし、若者たちの冗談（じょうだん）は、そのまま詩です。

この詩を読んだとき、持ち帰った海の水が盥の中で揺れているさまが見えるようでした。

「速読」か「遅読」か

偉人とじかに〝対話〟する熟読玩味

僕はフェイスブックをやっているのだが、最近やたら「速読術」の広告が目につく。若い頃は、「速読」という言葉すら知らなかったので、手元の辞書を引くと、「普通よりも速い速度で読むこと」（『新明解国語辞典第七版』三省堂）とある。

速読があるなら「遅読」もあるのだろうか。ページを繰ると、ない。「速読」の反対語は「熟読」で、「書いてあることの意味をよく考えながら読むこと」とある。

これは紙の辞書なので、ネットで調べてみる。すると、「遅読」があって、「（本を）じっくりと時間をかけて読むこと」（『デジタル大辞泉』小学館）とある。どうやら「速読」は、日本語として定着しているが、「遅読」は、まだ新しいようだ。

また、「熟読」と「遅読」の違いは、考えて読むか、時間をかけて読むか、ということらしい。

読書という観点から見ると、僕は、「速読」は読書ではなく、情報処理だと思う。必要な情報をできる限り速く得るための手段。そこには、本当の意味で、読む行為はない。読むこと、つまり読書は他者との対話である。対話とは、互いの考えを述べ伝え、交換し、擦り合わせ、時には合意を得ることもあるし、すれ違ったままのこともある。それでも対話をすることで、自分とは考えの違う人のいることが分かるし、その人の考えを尊重しなければならないことも学ぶ。

僕は作家なので、書くことが仕事だから、そのためには多くの資料を読まなければならない。一冊ずつに時間をかけていられないので、おのずと「速読」になってしまうこともある。でも、それは情報収集のためだから構わないのだ。だから、「速読」も必要な場合がある。

しかし、すべての本を「速読」するのは、読み手として損だ。大切な本は、じっくり時間をかけて、よく考えながら読むことだ。それが本（他者）と対話することだ。僕らは、その気になれば、孔子やゲーテと対話することができるのだ。彼らは死者ではあるが、言葉として生きている。だから、その言葉を受け止め、投げ返すことができる。ぜいたくなことではないか。歴史の偉人たちと、じかに対話できるなんて。彼らの思想や生き方を学べるなんて。

本を読む速さを決めるのは、本である。

かごしま
鹿児島

『幻化』

梅崎春生

参考文献　『桜島・日の果て・幻化』講談社文芸文庫

戦後の日本人が失ったもの

梅崎春生は、戦後文学の代表的な作家の一人で、批評家の川村湊は『幻化』は、梅崎春生の晩年の傑作であると同時に、戦後文学の一つの完結点を示す重要な作品」と高い評価を与えています。

作中の主人公・久住五郎は45歳。第2次大戦後、神経を病んで入った精神科の病院を逃れて、思い立って飛行機に乗った。行く先は鹿児島県の坊津です。彼は戦時中、この土地に兵士として赴任していました。

当時、基地で航空用アルコールのドラム缶の一つに小さな穴が開いているのを見つけ、福という部下を含む何人かでこっそり飲んでいました。もちろん飲料用アルコールではない。発覚したら懲罰を受けます。

ある夜、したたか酔った福が泳ぎたいと言いだし、五郎は付き合って海に入ることに。暗い海で星を仰ぎ、ゆらゆら海月のように漂っていると、五郎は「何ならここで死んでもいいな」という気持ちになり、危険を感じて岸に戻ります。ところが福が戻って来ません。目的地の双剣石に泳ぎ着いて帰ったのではないか。一抹の不安を覚えながらも、五郎たちは宿舎へ向かいます。翌日の朝、波打ち際に福の遺体が打ちあがっていました。死因は心臓麻痺でした。

五郎は鹿児島への旅の中で、「死」が身近だった日々を振り返ります。当時とは異なる土地の風景を目にしながら、記憶をたどるのです。

「十本ばかりの木がばらばら生えているだけで、昔の松林の面影はほとんどない。その木に交って、白い大きな花をぶら下げた、南国風の木がある。その花の名は忘れたが、色や形にはたしかに見覚えがあった。日はすでに入り、あたり一面は黄昏である。その花は、冥府の花のように、白く垂れ下っていた。彼はその木に近づき、指で花びらをさわって見た」

五郎は行きずりの女からダチュラというその花の名を教えられ、彼女と浜で酒を飲みます。

「どうしてもこの土地を見たい。ずっと前から、考えていたんだ。今はうしなったもの、二十年前には確かにあったもの、それを確めたかったんだ」

戦後に失った何かを取り戻そうと焦る五郎はその後、阿蘇山を訪ね、行き合ったセールスマンの丹尾から奇妙な賭けを持ちかけられます。丹尾が火口を一回りする間に投身するかしないか――。五郎は、彼が生きる方に賭けます。

五郎が覗く有料の望遠鏡の向こうで、ふらふら歩く丹尾。いまにも「死」に陥りかねない危険な状況を見て五郎は胸中で叫びます。

「しっかり歩け。元気出して歩け！」

この言葉は、戦後を生きる日本人に「生」の力を取り戻せ、と呼び掛けているように思われるのです。

おきなわ
沖縄

『はるかニライ・カナイ』

灰谷健次郎

参考文献　『はるかニライ・カナイ』理論社

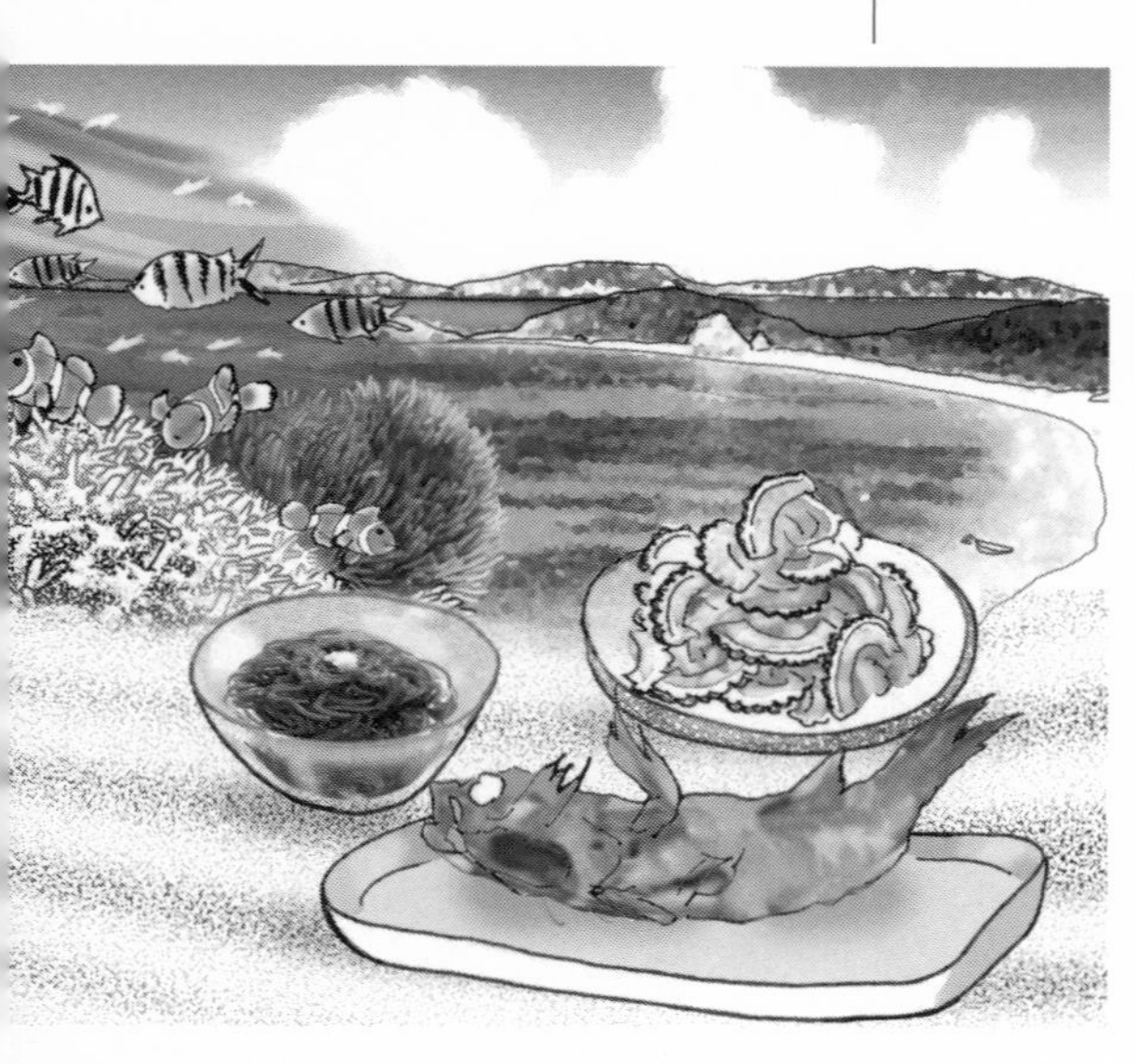

島人(シマンチュウ)の心に生きる理想郷(りそうきょう)

ニライ・カナイは、『ブリタニカ国際大百科事典』によると、「沖縄地方で海のかなたや海底にあると信じられる理想郷(りそうきょう)の名称」。

ここは沖縄地方の渡嘉敷(とかしき)島。人口は７００人ほど。

お父さん、お母さんと、ケイ、ユウナ、シノの３きょうだいの家族が暮らしています。

お父さんは、沖縄の大学を出て、牧場を営(いとな)み、栄養士のお母さんは、民宿「武良元(むらもと)旅館」を切(き)り盛(も)りしている。

ケイは、元気な少年で、ちょっと変わり者の漁師(りょうし)・アキ兄ィと仲が良く、漁を教えてもらっている。

そこへ、本土から、不登校になった少女・裕子(ゆうこ)を預(あず)かってくれないか、と頼まれました。

大人たちは、悩んだ末に、しばらく旅行者として裕子を受け入れ、この島に住むかどうかは、本人の意思に任せることにした。

裕子は、しばらく島に滞在して、本土へ帰るが、やはり島で暮らしたいと戻ってきた。理由は、優しい島人が懐かしいからでした。

人もいいが、自然もいい。海の中には、手つかずの世界が広がります。

テーブルサンゴ、アオサンゴ、エダサンゴなど、「こまやかな美しさという点では、世界一」のサンゴたち。

「アカマツカサ、ユカタハタ、オジサン、メジナにイスズミ」などの鮮やかな魚たち。都市で生きる者には、見たこともない景色です。

裕子を出迎えるごちそうは、「トコブシのうま煮、いかの墨汁、もずくの酢のもの、ニガナと豆腐の炒めもの、ニガウリのサラダ」。

主菜は、さっきまで海で泳いでいたアカミーバイ（ハタの一種）の蒸(む)し焼き。

作者は、たびたびやって来る台風の猛威(もうい)を描くことも忘れません。

樹木(じゅもく)は潮風(しおかぜ)にやられて山は赤茶け、農作物は全滅。しかし、島の

人々は、淡々(たんたん)とそれを受け入れて、普段の生活に戻っていく。

島の年寄りたちは、戦争の傷(きず)を体に刻(きざ)んでもいる。それでも明るい。

ニライ・カナイは、島人(シマンチュウ)の心の中にあるのでしょう。

おきなわ
沖縄

『山之口貘詩集』

参考文献　『山之口貘詩集』高良勉編　岩波文庫

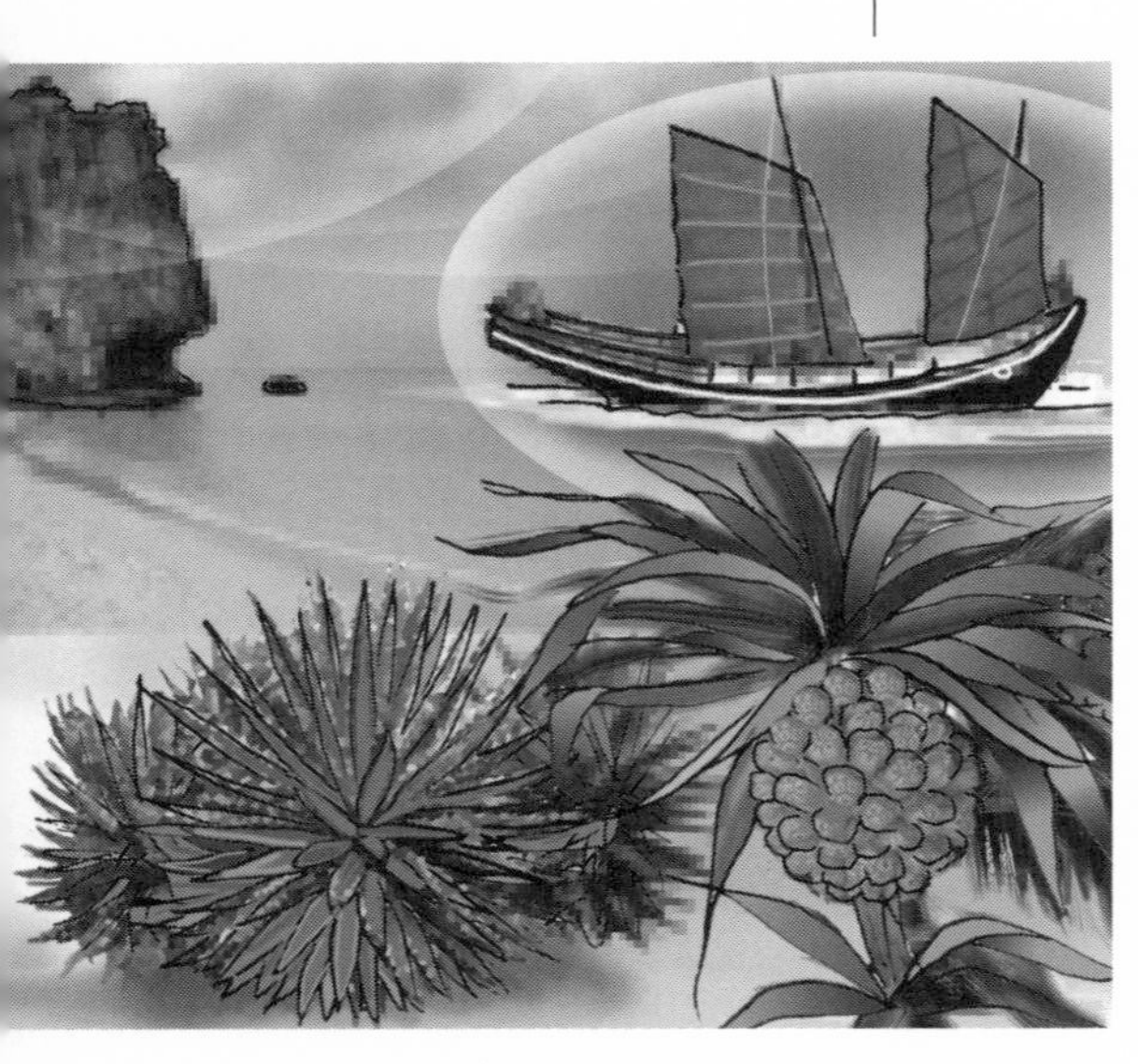

故郷の様と変わりゆき　思い深く

山之口貘は詩人です。本名は山口重三郎。１９０３（明治36年）年に沖縄県那覇区（当時）で生まれました。

一度上京して美術学校に入るのですが、デッサンのことで教師と対立し、すぐに辞めて帰郷しました。

父は事業に失敗して破産していました。貘は那覇で放浪生活を始めます。

次に上京したのは22歳の時。再び故郷の土を踏まぬ、という決意と、詩の原稿を携えていました。

それからも彼は、住所の定まらない、貧しい放浪生活を続けます。公園、駅のベンチ、土管などで寝ていたようです。

しかし、佐藤春夫、草野新平などの知己を得て、著名な雑誌に詩を発表するようになり、35歳でようやく初詩集『思辨の苑』を刊行しました。遅咲きです。

「女房の前もかまわずに／こえはりあげて／ぼくは泣いたのだ」（「処女詩集」）とあります。

彼は、詩人としての誇りを持ち、筆一本で立とうとしました。それから続く、貧しい暮らし。

「僕ですか？／これはまことに自惚れるようですが／びんぼうなのであります」（「自己紹介」）

一編の詩を完成させるのに、2、300枚の原稿用紙を反古にするという作風では、たくさんは書けません。

彼には、故郷への思いが深くありました。

「ぼくはしばしば／波上の風景をおもい出すのだ／東支那海のあの藍色／藍色を見おろして／巨大な首を据えていた断崖／断崖のむこう

の／慶良間島／芝生に岩かげにちらほらの／浴衣や芭蕉布の遊女達／ある日は龍舌蘭や阿旦など／それらの合間に／とおい水平線／くり舟と／山原船の／なつかしい海／沖縄人のおもい出さずにはいられない風景」（「耳と波上風景」）

その故郷の変わりゆきには、心を痛めた。

「どうやら沖縄が生きのびたところは／不沈母艦沖縄だ」（「不沈母艦沖縄」）

詩人・山之口貘の声価は、いまや日本ばかりか、海外でも高まっています。

プロフィール

村上政彦（むらかみ・まさひこ）

1958年、三重県生まれ。業界紙記者、学習塾経営を経て、87年に福武書店（現ベネッセ）主催『海燕』新人文学賞を受賞し、作家生活に入る。以後、5回の芥川賞候補に。執筆活動の傍ら、創価大学の非常勤講師として文芸創作のクラスを教える。2014年からは「通信講座・ムラマサ小説道場」（ウェブサイト）を開設し、新人・若手作家の育成に力を入れている。日本文藝家協会会員（常務理事）。日本ペンクラブ会員。『ナイスボール』（福武書店／集英社文庫）、『小説を書いてみよう。』（第三文明社）、『台湾聖母』（コールサック社）、『aとw』（鳥影社）、『結交姉妹』（同）など著書多数。

村上政彦公式サイト「生きる派」
https://murakamimasahiko.com/

ムラマサ小説道場公式サイト
https://muramasa-shosetsudojo.com/

本書は2020年1月から2022年4月にかけて「聖教新聞」に連載された「ぶら～り文学の旅」に加筆・再構成したものです。

装幀　澤井慶子
イラスト　前田安規子
本文レイアウト　安藤聡

ぶら〜り文学の旅

2023年1月26日　初版第1刷発行

著　者　村上政彦
発行者　大島光明
発行所　株式会社　鳳書院
〒101-0061
東京都千代田区神田三崎町 2-8-12
TEL　03-3264-3168（代表）
FAX　03-3234-4383
URL　https://www.otorisyoin.com/
印刷・製本　中央精版印刷株式会社

ISBN 978-4-87122-207-5

JN056804

渋沢栄一の深谷

写真で訪ねるふるさとの原風景

文 河田重三　写真 清水勉

渋沢栄一 1909 年（明治 42）（渋沢史料館所蔵）

はじめに　―血洗島から心を馳せて―

渋沢栄一は一八四〇年（天保一一）二月一三日、武州榛沢郡血洗島村（現埼玉県深谷市）の農家に生まれました。血洗島村は冬には赤城おろしが吹きぬける平らな土地です。水田は少なく、畑では麦や藍を栽培し、養蚕を行う桑畑もあり、領主への年貢は金銭で納めていました。また、南に約一里ほどで中山道が通り、舟運の動脈でもあった利根川が北に流れていることから、物流と人の往来も盛んで、情報と文化がいち早く行き交う地域でもありました。

父・市郎右衛門は村内の渋沢家「東の家」から「中の家」へ婿に入り、生来の勤勉さと律義さをもって農作や養蚕の他、藍作や藍玉製造・販売（藍玉商）に励み、質屋も営み、働いて得たお金はカスと考える人でもありました。栄一は三歳の頃より父から読み書きの手ほどきを受け、書を「東の家」の伯父・宗助に習いました。母・えいはとても慈悲深く、誰にでも優しい人でした。

物覚えのよかった栄一は、七歳からは一〇歳年上の従兄・尾高惇忠（雅号「藍香」）の塾に通い、『論語』などの漢籍の素読を始め、幅広く書物を読みました。後に栄一は、自分の学問は郷里での漢学であったと言い、「私が、人間は悪いことをしてはならぬということを悟ったのも、世の中に一本立ちが出来るようになったのも、全くこの漢学のおかげであった」と述べています。栄一はよく筆をとり、漢詩を詠み、「中の家」の裏手にあった青く深い淵にちなんで尾高惇忠により名付けられたと伝わる雅号の「青淵」と記しています。そして、惇忠の妹・千代とは一八歳で結婚しました。

一方、栄一は神道無念流の剣術にも他の従兄弟達と共に汗を流し、家の仕事を手伝う中で商いにも興味をもちました。一六歳のとき、父の名代で領主の陣屋に呼び出されて御用金を申し渡された体験から、身分制度や幕藩体制に疑問を抱くようになり、一八六三年（文久三）に六九名の同志を集めて高崎城乗っ取り、横浜居留地焼討ちを企てますが、情勢を判断して計画を直前に中止します。

同志を安全に逃した栄一は京に上り、縁あって一橋家に仕官すると、藩財政の再建や藩兵募集に頭角を現します。そして、藩主・慶喜（よしのぶ）が第一五代将軍になると、一八六七年（慶応三）、パリ万国博覧会に将軍の弟・昭武（あきたけ）を派遣する使節団の庶務・経理担当として加わりました。万博会場やパリ市内見学を始め、ヨーロッパ各国訪問にも随行し、鉄道や銀行、工場など近代化された社会を見たり、滞在資金捻出のために株式・社債を実際に体験したりして学び、視野を広げました。

日本が明治になって帰国した栄一は、慶喜のいる静岡で合本組織・商法会所を興しますが、すぐに明治政府に迎えられ、地租改正や度量衡（どりょうこう）の改正などに手腕を発揮しました。しかし、政府の財政策と意見が合わず、一八七三年（明治六）、実業界に入り、日本初の民間銀行である第一国立銀行を創立します。栄一は民間の力を集めた会社によって日本の社会を発展させようと考え、五〇〇社に及ぶ会社の設立や支援に関わりました。同時に、実業界の指導者として多忙な栄一でしたが、福祉や教育、国際交流など六〇〇を数える社会公共事業にも力を尽くし、一九三一年（昭和六）一一月一一日、九一年の生涯を閉じました。

渋沢栄一は近代日本経済の父とも呼ばれ、二〇二四年からの新しい一万円札の顔になります。本書では渋沢栄一の生まれ育った風景、少年時代から携わった藍と養蚕の風景、日本の近代化を進めた煉瓦の風景、足跡を今に引き継ぐ故郷と実業の風景、そして、栄一のこころにふれる風景を訪ね、血洗島から心を馳せて時代の波に向かっていった栄一の姿を、私たちが目にすることのできる今日の社会からみてゆきたいと思います。そこには、父から受け継いだ経営の術と母の慈愛が栄一とともに新しい時代にも伝えられていく場面もあるのかもしれません。

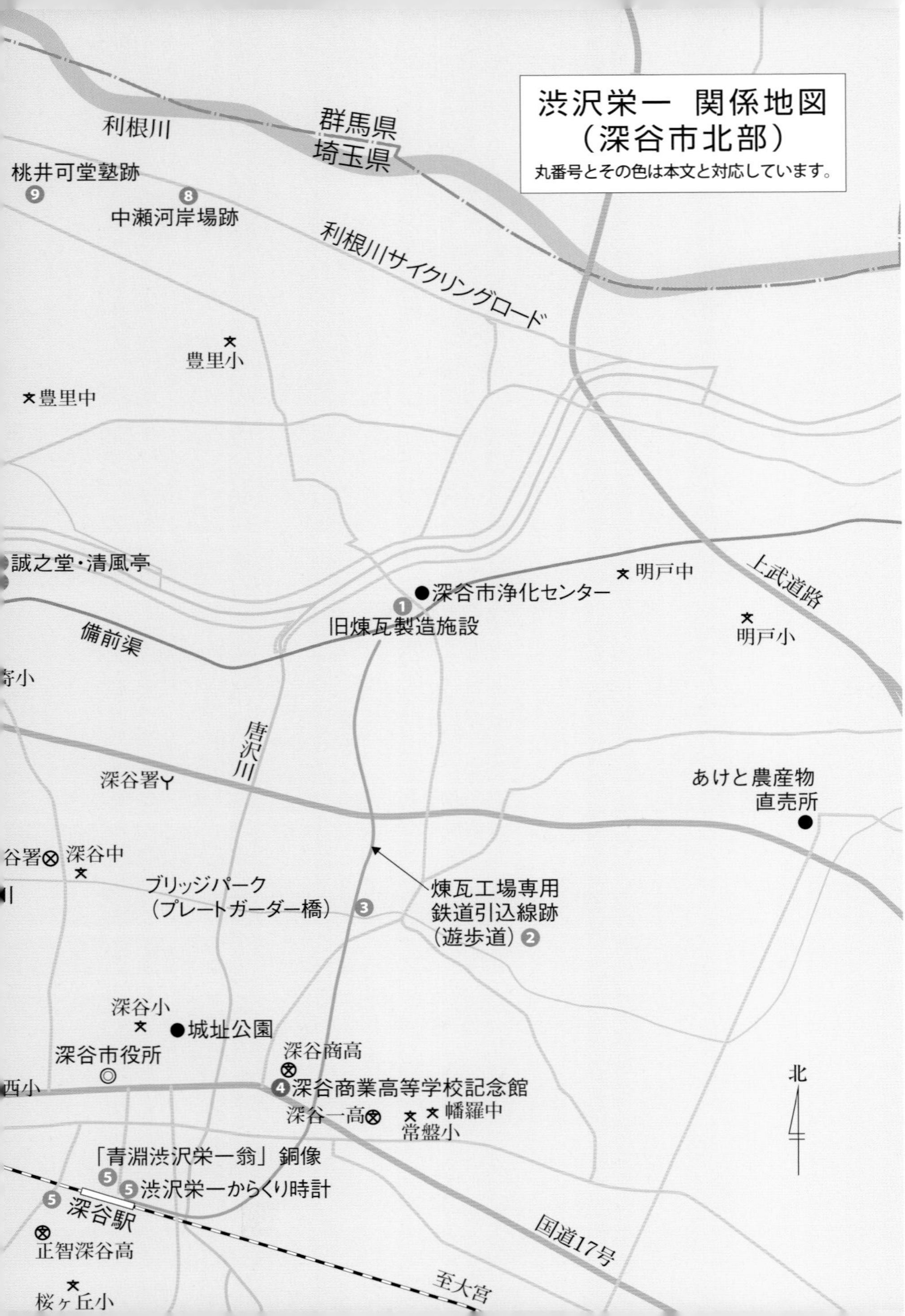

渋沢栄一　関係地図
（深谷市北部）
丸番号とその色は本文と対応しています。
群馬県
埼玉県
利根川
桃井可堂塾跡
9
8
中瀬河岸場跡
利根川サイクリングロード
豊里小
豊里中
誠之堂・清風亭
明戸中
深谷市浄化センター
1
旧煉瓦製造施設
上武道路
明戸小
備前渠
寄小
唐沢川
深谷署
あけと農産物
直売所
谷署
深谷中
ブリッジパーク
（プレートガーダー橋）
3
煉瓦工場専用
鉄道引込線跡
（遊歩道）2
深谷小
城址公園
深谷市役所
深谷商高
4 深谷商業高等学校記念館
西小
深谷一高
幡羅中
常盤小
北
「青淵渋沢栄一翁」銅像
5
5 渋沢栄一からくり時計
5
深谷駅
正智深谷高
国道17号
至大宮
桜ヶ丘小

田島弥平旧宅案内所
伊勢崎市
田島弥平旧宅
深谷市
本庄市
華蔵寺
丸山酒造
稲荷神社
可堂桃井先生碑
青淵公園
渋沢栄一記
備前渠
旧渋沢邸「中の家」
八基小
鹿島神
薬師堂
諏訪神社
尾高惇忠生
血洗島
血洗島
矢島堰
小山川
備前渠改閘の碑
中宿古代
倉庫群跡
道の駅おかべ
深谷バイパス
至高崎
国道17号
岡部西小
岡部六弥太墓
岡部小
岡部駅
深谷市
源勝院
埼玉県深谷市 位置図
高島秋帆幽囚の地
深谷高
群馬県
栃木県
本庄市
深谷市
美里町
熊谷市
茨城県
寄居町
高崎線
埼玉県
東京成徳大
深谷高・中
さいたま市
山梨県
東京都
南中

◎目次◎

渋沢栄一の深谷
写真で訪ねるふるさとの原風景

Ⅰ　生まれ育った風景

渋沢栄一と血洗島で生まれた長女の穂積歌子
1923 年（大正 12）（渋沢史料館所蔵）

1 ふるさと血洗島

渋沢栄一は一八四〇年（天保一一）二月一三日、武州榛沢郡血洗島村（現深谷市）の農家に生まれました。江戸期寛政の頃に五〇戸ほどになった村には十数戸の渋沢家があり、栄一の生まれた家は「中の家」と呼ばれました。利根川、小山川に囲まれた平らな血洗島からは、赤城、榛名、妙義の上毛三山や、遠くに日光の男体山、浅間山まで見渡すことができます。

色白で丸顔の栄一少年は、「赤城おろし」の風が寒さと一緒に吹き降ろすなか、母・えいの着せてくれた羽織を放り出しては遊び、羽織をもって追いかけてくる母を置いては逃げ出しました。そんな様子を近所の人は「おえいの羽織」と言って見ていたそうです。

血洗島は河川に因む「島」の付く集落の一つで、中世の頃から開かれ、「赤城山の山霊が他の山霊と闘って傷口をこの地で洗った」や、「河川の氾濫で地が洗われた」などと伝わり、地元の古老は「チャーライジマ」とも言います。

集落にあった、「上の淵」「下の淵」の二つの沼の面影は現在僅かに残るのみですが、家の北西方向を囲む風よけの屋敷林は栄一も見た風景です。

「中の家」は小山川の支流清水川に沿った桜並木の右側にあり、屋敷林に囲まれている

血洗島から見渡す赤城山（中央右）と榛名山（左）

2 栄一の生地「中の家」

一番奥に見える十畳の間が栄一の宿泊した座敷

渋沢栄一が生まれた「中の家」は、「東の家」から婿に入った父・市郎右衛門の代に家運を盛り上げ、苗字帯刀を許され、村の名主見習いとなりました。栄一が育った頃は米、麦を作り、養蚕を行い、藍の栽培が盛んでした。そして、父は藍玉の製造技術に優れ、信州、上州方面に得意先の紺屋をもっていました。栄一の生まれ育った頃の母家は茅葺でしたが、母屋を囲むように藍玉製造に使われたという土蔵や、「お店」と呼ばれた副屋があります。

現在の母屋は一八九五年（明治二八）、跡を継いだ妹・てい夫妻が建てたもので、二階の屋根に「煙出し」と呼ばれる櫓を乗せたこの地域特有の養蚕農家の特徴があります。実業界に活躍の場を移した栄一は多忙な中、年に数回この家に帰郷しました。母屋奥の十畳の間は、栄一の宿泊のために特に念入りに作られたと伝わっています。

一九八三年（昭和五八）から二〇〇〇年（平成一二）まで、栄一の意志を継いだ国際交流事業として「学校法人青淵塾渋沢国際学園」がここで開かれました。正門前の幸田露伴揮毫による「青淵翁誕生之地」の石柱が留学生を迎え、庭先に立つ侍姿の栄一の銅像が勉学に励む様子を見守っていました。

「中の家」の全景と赤城山

「青淵翁誕生之地」の石柱が立つ正門

3 父・母さらに養子への追慕の情

旧渋沢邸「中の家」敷地内にある三つの石碑は、谷中の渋沢家墓地より二〇一四年（平成二六）に移設されました。栄一の父・市郎右衛門は一八七一年（明治四）に、母・えいはその三年後に亡くなり（父母ともに享年六三歳）、「中の家」の前方にある渋沢家墓地に寄り添うように眠っています。栄一は東京においても父母の追善を行えるように、招魂碑をそれぞれの亡くなった翌年に建立しました。

父の雅号に因む「晩香渋沢翁招魂碑」は尾高惇忠が撰文したもので、栄一はその全文を暗誦し、家族に聞かせています。そして、栄一は母への思いを「先妣渋沢氏招魂碑」に込め、自ら涙を拭って撰文しました。

妻・千代の弟・尾高平九郎は尾高惇忠の末弟で、栄一は渡仏に際して見立て養子としました。幕臣となった平九郎は新政府軍と戦い、黒山（埼玉県越生町）にて二〇歳の若さで自刃して散りました。栄一は平九郎の非業の死を悼み、一九一七年（大正六）、「渋沢平九郎追懐碑」を建てました。平九郎が自室の仕切りの壁に残した書「楽人之楽者憂人之憂喰人之食者死人之事（人の楽しみを楽しむ者は人の憂いを憂う　人の食を喰らう者は人の事に死す）」が刻まれています。

「中の家」に立つ「若き日の栄一」像

左から「先妣渋沢氏招魂碑」と「晩香渋沢翁招魂碑」、右の碑が「渋沢平九郎追懐碑」

「中の家」裏を流れる清水川に沿った桜並木

④ 栄一も演じた「ささら獅子舞」

渋沢栄一の生まれた血洗島の鎮守・諏訪神社には、「ささら」と呼ばれる獅子舞の祭りが伝わっています。栄一は多忙な中でも年の初めには祭りの日のスケジュールを空けて帰郷し、村人とともに獅子舞を見ることをことのほか楽しみにしていました。

獅子舞は諏訪神社の社前にて舞われた後、集落内の旧家である吉岡家、笠原家、福島家、渋沢家の四つの氏神を巡ります。栄一は生家である「中の家」のしきたりで、一二歳のときに初めて雄獅子を演じ、その後八～九年間務めてその技を上達させたといいます。

故郷を思う栄一は本殿の修繕に協力した他に、一九一六年(大正五)九月、喜寿を機に拝殿を寄進奉納しました。そして、同年一〇月一日、題字を徳川慶喜の子・慶久の筆による「渋沢青淵翁喜寿碑」が氏子により境内に建立されました。

拝殿前には栄一の長女・穂積歌子が皇室よりいただいた実から育てた「右近の橘」があり、鳥居には栄一の揮毫による「諏訪神社」の扁額を見ることができます。現在、一〇月中旬に催されるささら獅子舞の祭りには、神社参道入り口に栄一の書による幟旗が揚げられます。

血洗島の鎮守・諏訪神社

栄一が寄進奉納した拝殿の前庭で演じられる獅子舞

旧渋沢邸「中の家」で演じられる獅子舞

諏訪神社拝殿前にて獅子舞を楽しむ渋沢栄一（中央狛犬の右） 1920 年（大正 9）（渋沢史料館所蔵）

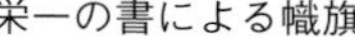
栄一の書による幟旗

栄一揮毫「諏訪神社」扁額

「渋沢青淵翁喜寿碑」と拝殿

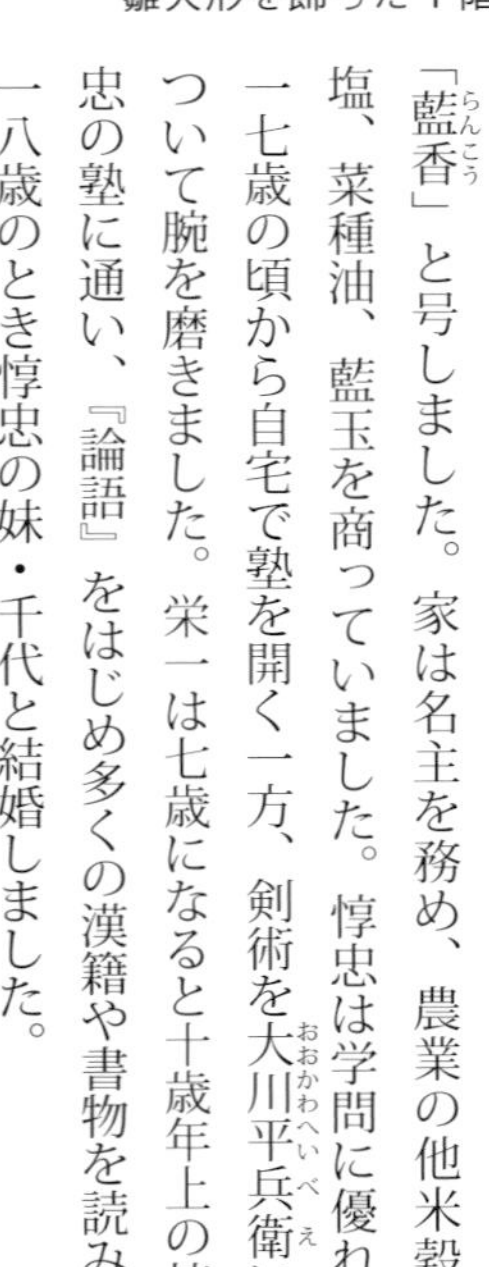

雛人形を飾った１階の部屋

5 藍香ありて 青淵あり

渋沢栄一の従兄・尾高惇忠（幼名・新五郎）は、一八三〇年（天保元）、下手計村（現深谷市）に生まれ、「藍香」と号しました。家は名主を務め、農業の他米穀、塩、菜種油、藍玉を商っていました。惇忠は学問に優れ、一七歳の頃から自宅で塾を開く一方、剣術を大川平兵衛について腕を磨きました。栄一は七歳になると十歳年上の惇忠の塾に通い、『論語』をはじめ多くの漢籍や書物を読み、一八歳のとき惇忠の妹・千代と結婚しました。

一八六三年（文久三）、惇忠を中心に尊王攘夷を果たすべく高崎城乗っ取り、横浜居留地焼討ちを企てた栄一らは、京から帰った惇忠の弟・長七郎と尾高家二階の部屋で激論を交わし、中止を判断しました。惇忠は幕末には幕府を支える考えになり、戊辰戦争では彰義隊

創建時の面影を残す尾高惇忠生家

母屋と煉瓦造りの蔵などが残る尾高惇忠生家

から分かれた振武軍に加わって飯能にて新政府軍と戦い、末弟の平九郎を失いました。栄一は後年、惇忠への敬慕を込めて、「藍香ありて　青淵あり」と述べています。

維新後、惇忠は栄一の求めに応じて富岡製糸場の建設にあたり、初代場長を務め、娘のゆうは伝習工女第一号として入場しました。

尾高惇忠（渋沢史料館所蔵）

2階の部屋で激論を交わした

⑥ 母の慈しみ、青春の汗が…

渋沢栄一が七歳から通った従兄・尾高惇忠の塾に至る道沿いに鹿島神社があります。鹿島神社は尾高家のある下手計村の鎮守です。境内には大きな欅の幹の根元から湧く泉を引いて共同浴場が設けられていました。栄一の母・えいは、この共同浴場で病を患う村の娘の背中を流し、栄一らが母を心配すると、「お医者さんから聞いたら病気はうつらないということだよ」と気にも掛けませんでした。現在、「神井」といわれた泉の湧いた欅は参道脇に保存されています。

尾高惇忠は塾を開く一方、神道無念流の剣術を川越藩剣術師範大川平兵衛に学び、鹿島神社のかたわらには練武館という道場も開いていました。一一歳で入門した栄一が惇忠の弟・長七郎や平九郎、従兄の渋沢喜作らとともに汗を流した場所でもあります。

一八七〇年（明治三）、富岡製糸場現地視察の帰り、建設を委ねられたフランス人ポール・ブリュナは、惇忠の案内で鹿島神社を訪れ、「神井のような奇蹟をヨーロッパでは見られない」と驚きを隠しませんでした。惇忠を敬慕した栄一らにより、一九〇七年（明治四〇）、徳川慶喜篆額の「藍香尾高翁頌徳碑」が境内に建立されました。

下手計の鎮守・鹿島神社

「神井」といわれた泉が湧いた欅

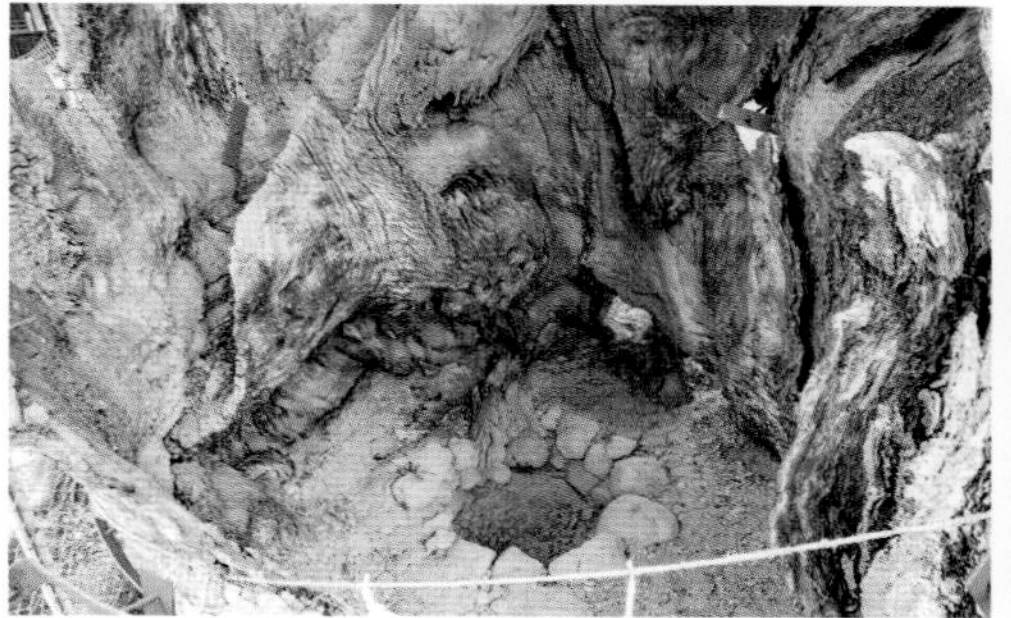

欅の根元にある泉跡

鹿島神社参道

境内に立つ「藍香尾高翁頌徳碑」

7 封建制度への疑問

一八五六年（安政三）、領主の岡部藩から村々に呼び出しがあり、一六歳の栄一は風邪で臥せっていた父の名代として陣屋に赴きました。「東の家」には一〇〇〇両、「中の家」には五〇〇両など、御用金を他の者は平伏して承知しましたが、栄一は「父の代理であるから持ち帰って相談し…お返事申し上げます。」と繰り返しました。百姓を代官が蔑み、御用金と称して搾取する身分制度や幕藩体制への疑問を強く抱くようになり、封建制度を打ち破ろうと発奮した動機になったと、栄一は後に語っています。

源勝院境内にある歴代岡部藩主の墓碑

　岡部藩主の安部家は徳川家康に従い、軍功を重ねて江戸時代初期に所領高二〇、二五〇石の大名となり、三代・信盛は大坂定番に任ぜられました。そして、安部家は本拠地の岡部の他に、所領地のある三河国半原（現愛知県新城市）と摂津国桜井谷（現大阪府豊中市）に陣屋を設けています。中山道に面してあった岡部藩陣屋は深谷市岡部の国道一七号南側に位置し、幕末に幕府の命で岡部藩に幽閉された高島秋帆の碑が陣屋跡を今に伝えています。

　安部家は一八六八年（慶応四）に半原へ本拠移動しましたが、菩提寺の源勝院には歴代藩主の墓所があります。なお、山門前には渋沢栄一の書による石碑「明治天皇みくるまのあと」が立っています。

岡部藩主安部家菩提寺の源勝院

岡部藩陣屋跡の一角にある「高島秋帆幽囚の地」碑

上空から見た岡部藩陣屋跡

渋沢栄一の書による石碑と源勝院山門

8 利根川舟運の拠点　中瀬河岸場

一八六三年（文久三）、渋沢栄一は高崎城乗っ取り・横浜居留地焼討ちを企てた際、藍玉商売の売り上げから一五〇両を抜き取って江戸に上り、同志の数にみあう刀や着こみなどを調達しました。武器や武具は船荷に隠して送り、血洗島から北東に二kmほどにある利根川の中瀬河岸場（なかぜかしば）で密かに陸揚げし、藍玉の土蔵や尾高家の蔵に運び入れました。

中瀬河岸場は、水流と川幅の関係から利根川上流と中流を行き交う乗客の乗継と物資の積替え場となり、関所の役割もありました。その歴史には一六〇七年（慶長一二）に江戸城修築に使う栗石を輸送した記録が残されています。高瀬舟をはじめ大小百隻余りの荷物船や客船が集まり、中瀬から江戸までの下りは四～五日、川を遡る上りは一五～二五日を要しました。米、大麦、小麦、藍玉、蚕種、塩、醤油、小間物、絹が取り扱われ、藍作に欠かせない肥料となる干鰯（ほしか）は太平洋の漁場から上ってきました。

河岸場の通りには問屋や旅籠、飲食店などが並び、物資の流通に加えて文化と情報もあふれる拠点でもありました。一八八三年（明治一六）に深谷駅が開業すると船運は衰えはじめ、中瀬は桑畑の広がる村に変わってゆきました。

長屋門のある民家

遠く榛名山（左）と赤城山（中央右）を望み、利根川を背にする中瀬集落

中瀬河岸場跡に立つ道標

当時の面影を残す民家

⑨ 郷里の先学　桃井可堂

渋沢栄一の生地「中の家」から青淵公園を挟んで北阿賀野集落があります。北阿賀野の稲荷神社は栄一揮毫による扁額が掲げられ、境内には栄一の書による「可堂桃井先生碑」があり、裏面の碑文も栄一によるものです。

桃井可堂は一八〇三年（享和三）に北阿賀野村の福本家の次男に生まれ、通称は儀八、「可堂」は雅号です。少年儀八は血洗島村の渋沢仁山（栄一の大叔父）に学び、二二歳のときに「桃井」姓に代え、江戸に出て東条一堂の塾に入門しました。塾の三傑と呼ばれ、三九歳から二三年間、備中庭瀬藩の教授を務めた後、一八六三年（文久三）に中瀬村（現深谷市）にて塾を開きました。この頃には尊王攘夷の考えを強くし、越後や上州からも同志を集めて兵を挙げようとしましたが、計画が漏れ、川越藩に自首し、自ら食を絶って翌年亡くなりました。

可堂の挙兵計画は尾高惇忠・渋沢栄一らの計画と同時期に進められていましたが、栄一は「壮時同じく尊攘を以て念とせしも、故ありて事を共にせず」と碑文中に書いています。また、栄一は大蔵省在職中、可堂の二人の息子を民部、大蔵省に招き入れるなどして、郷里の先学に礼を尽くしています。

栄一の書による「可堂桃井先生碑」

栄一揮毫「稲荷神社」扁額

「可堂桃井先生碑」のある稲荷神社

桃井可堂像（渋沢栄一記念館所蔵）

⑩ 水戸天狗党の志士を弔う

尊王攘夷の旗を掲げて天狗党と名乗った水戸藩士らは、一八六四年（元治元）に京を目指す途中、岡部藩兵に囲まれて二名が討ち死にし、血洗島の人達によりその遺骸は薬師堂境内に葬られました。このとき、渋沢栄一は一橋家の藩兵として、天狗党の入京を阻止するために張られた近江海津（現滋賀県高島市）の陣内にいたのです。武田耕雲斎を総大将として京を目指して進軍した天狗党ですが、水戸藩主徳川斉昭の子である一橋慶喜の率いる追討軍を敵に回すことはできずに降伏し、一八六五年（慶応元）、敦賀にて三五二名全員が処刑されます。

旧渋沢邸「中の家」駐車場の南向いが、その薬師堂です。堂の傍らに、「東の家」三代目の渋沢宗助らにより建立された高さ四mを越す石地蔵や石碑と並んで、一九一八年（大正七）、渋沢栄一の撰文と書により建てられた、水藩烈士弔魂碑と呼ばれる「弔魂碑」があります。

若き日に尊王攘夷を計画した栄一は、天狗党に集まった志士達に自らを重ねる思いがあったのでしょう。血洗島にて無名に散った二名の志士へ痛惜の念を碑文に記したのです。

「弔魂碑」

「南無阿弥陀佛」

薬師堂境内に立つ「弔魂碑」と石地蔵

薬師堂

11 渋沢家ゆかりの寺　華蔵寺

血洗島から西方に位置する深谷市横瀬にある華蔵寺は、渋沢栄一の生まれた「中の家」の菩提寺です。新田氏第二代新田蔵人大夫義兼により、鎌倉時代初期、一一九四年（建久五）に開創されたと伝えられています。本尊は金剛界大日如来、真言宗豊山派に属し、近年開かれた関東八十八カ所霊場第八七番札所、彩の国武州路十二支守り本尊霊場未年の寺に所属しています。

境内には一五八三年（天正一一）に建立された大日堂（深谷市指定重要文化財）の他、入母屋造りの鐘楼門、枯山水庭園などがあり、四季折々の花々も楽しめます。二〇一七年（平成二九）一〇月に開館した華蔵寺美術館には、仏像や仏画、絵画などの寺宝が多数収められ、義兼の守り本尊と伝わる胎蔵界大日如来像（平安時代後期の作・埼玉県有形文化財）を間近に拝観することができます。そして、渋沢栄一をはじめ、伯父の渋沢宗助（雅号・誠室）、尾高惇忠、甥の渋沢元治の書も一堂に展示されています。

華蔵寺の東隣りには、煉瓦造りの煙突をもつ酒蔵があります。横瀬集落も栄一ゆかりのふるさとです。

華蔵寺の山門より

華蔵寺と赤城山

渋沢栄一揮毫の額

⑫ 二〇歳の幕臣—渋沢平九郎の自刃

渋沢平九郎の墓（全洞院）

渋沢栄一の妻・千代の末弟である平九郎は容姿端麗で文武にも秀で、栄一が渡仏する際に養子に迎えられます。

幕臣となった平九郎は新政府軍の迫る江戸に上り、従兄の渋沢喜作、兄・惇忠らが彰義隊から分かれて組織した振武軍に中隊の組頭として加わりました。一八六八年（慶応四）五月二三日、振武軍は飯能にて新政府軍と戦いますが、僅か半日で壊滅し、隊員はそれぞれ四散します。平九郎は顔振峠を越えて黒山村（現越生町）へ下りたところで斥候隊と遭遇し、奮戦の後自刃しました。二〇歳の命でした。村人達は遺骸を黒山村の全洞院に葬って「脱走のお勇士様」と語り継ぎ、曝された首級は人目を忍んで法恩寺（越生町）に埋葬されました。

後に平九郎の終焉の地を知った栄一は壮烈な最期が痛ましく、黒山を訪ねて時代の犠牲となった平九郎を弔い、渋沢家墓地に改葬して追懐碑を建てました（現在、追懐碑は「中の家」に移設）。黒山三滝にほど近い自刃の地には栄一の嫡孫・渋沢敬三の書による「澁澤平九郎自決之地」碑が立ち、法恩寺には栄一の甥・渋沢元治の書による「澁澤平九郎埋首之碑」があります。

「渋沢平九郎埋首之碑」（法恩寺）

渋沢平九郎自決の地に立つ碑

平九郎自刃跡を弔う栄一 1912 年（明治 45）
（渋沢史料館所蔵）

渋沢栄一の養子となつた平九郎
（渋沢史料館所蔵）

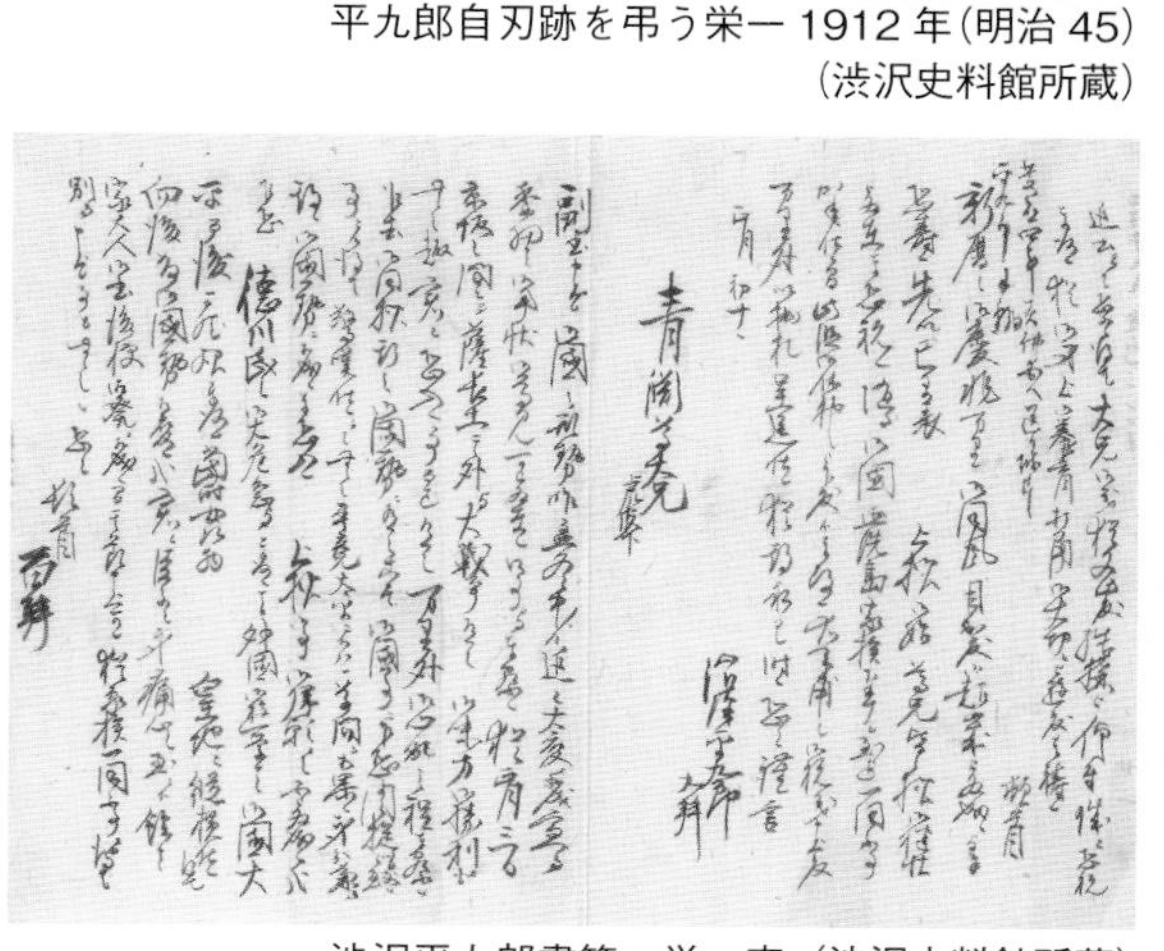

渋沢平九郎書簡・栄一宛（渋沢史料館所蔵）

◆渋沢栄一の渡仏体験

徳川幕府は一八六七年(慶応三)、将軍慶喜の弟昭武(あきたけ)をパリで開かれる万国博覧会とその後の留学に派遣しました。渋沢栄一はその才覚を認められ、庶務・経理担当として三三名の随行団に加わったのです。

横浜港からの客船内では、西洋風の料理やワインが出され、初めてコーヒーを飲んだ栄一は「頗(すこぶ)る胸中を爽(さわやか)にす」と述べています。マルセイユまでの船旅では、民間企業が行うスエズ運河の大工事を鉄道に乗って見る機会を得ました。資本(合本)主義の力強さや、輸送機関の整備を目の当たりにし、かつての攘夷思想から近代文明の中にあるヨーロッパ各国の先進技術や社会・経済を学ぶ栄一になってゆきました。

パリでは、万国博覧会を見学する一方、丁髷(ちょんまげ)を切って市内の下水道や病院を見ています。さらに、昭武の欧州各国の訪問にも随行し、工場、造船所、新聞社などを視察しました。

一年半で帰国することになる欧州体験でしたが、その後の栄一にとって大きな転機となりました。特に、商人と武士が対等であること、ベルギー国王が自国の鉄を売り込んだこと、実際に公債や株の運用を行ったことが印象に残ったと回想しています。

パリで髷を切った栄一(渋沢史料館所蔵)

マルセイユにて使節団一行の集合写真(中央が徳川昭武、渋沢栄一は後列左端)(渋沢史料館所蔵)

Ⅱ　藍と養蚕の風景

洋装と髷を切る前の侍姿の栄一 1867 年（慶応 3）（フランスにて）
（渋沢史料館所蔵）

1 青は藍より出でて藍より青し

「中の家」の藍玉商いの取引額は年に一万両に及んだといわれます。父・市郎右衛門は藍玉作りの名人で、得意先

発酵させた染料液の入る藍瓶

の上州や信州にある藍染めを専門にする染物屋の紺屋から注文を受け、藍玉を送りました。栄一は秋に見本をもって紺屋を回り、盆暮れ払いに足をさらに運び、秩父方面にも販路を広げました。

木綿の生地は藍染めすると強くなり、虫除け効果も生まれ、染め直しもできます。江戸時代には庶民の日常着や、野良着、仕事着、店の暖簾など生活に必要なものの多くが藍染めされました。明治初期、来日したイギリス人科学者は藍染めの青を見て、「ジャパン・ブルー」と名付けました。

藍は春に種をまき、夏に生葉を刈り取り、乾燥させてから発酵させる作業を経て蒅を作り、蒅を臼で搗いて方形や玉状にした藍玉にします。阿波（現徳島県）藍は質も量も随一でしたが、関東方面では武州の藍が多く使われました。紺屋では、藍玉をほぐして熱湯で練り、灰汁を溜めた藍甕の中で微生物の助けを借りて発酵させます。藍甕に浸した糸や布を空気にさらすと青色が定着します。中国古典の一つ『荀子』に、弟子がその師よりもさらに優れていることをたとえた「青は藍より出でて藍より青し」があります。故事にも用いられる藍染めの技術は、現在も紺屋で受け継がれ守られています。

藍染めの伝統を受け継ぐ武州中島紺屋（羽生市）

藍染めされた糸（剣道用）

藍の葉と花

藍染ふる里資料館内部

武州中島紺屋にある藍染ふる里資料館

②〝勢は青天を衝いて〟一八歳の詩情

一八五八年（安政五）一〇月、一八歳の渋沢栄一は従兄・尾高惇忠と共に、信州佐久方面に家業の藍玉商いの旅に出ました。二人は秋の日の道中、詩文を詠み合って進み、後に『巡信紀詩』として一冊の書にまとめました。一〇月八日、紅葉の映える内山峡に臨み、栄一は「勢は青天を衝いて臂を攘げて躋り　氣は白雲を穿って手に唾して征く」と、岩山を逆境にも負けずとばかりの勢いと気力で進む様子を詠み込みました。栄一は、信州、上州、秩父方面にある得意先の紺屋へは何度も回っているものの、この時の二人の出で立ちは詩作を目的としている文人のようだと、共に父親から戒められるほどでした。

栄一はこの旅から帰省すると惇忠の妹・千代と婚礼の義を挙げました。そして、『巡信紀詩』を晩年までも枕元に置いて大切にしていたと伝えられています。

国道二五四号沿い、長野県佐久市肬水地内の岸壁に、渋沢栄一の漢詩「内山峡」の碑があります。大河ドラマの題名「青天を衝け」は、詩情あふれる若き栄一の、気魄がこもったことばなのです。

千代夫人（渋沢史料館所蔵）

国道 254 号（写真左端）沿いに「内山峡」の碑がある

佐久方面から内山峡を望む

◆渋沢栄一作「内山峡」全文

内山峡

澁澤青淵

襄山蜿蜒如波浪
西接信山相送迎
奇険就中内山峡
天然崔嵬如刓成
刀陰耕夫青淵子
販鬻向信取路程
小春初八好風景
蒼松紅楓草鞋軽
三尺腰刀渉桟道
一巻肩書攀崢嶸
渉攀益深険彌酷
奇巌怪石磊磊横
勢衝青天攘臂躋
氣穿白雲唾手征
日亭未牌達絶頂
四望風色十分晴

内山峡

澁澤青淵

※「青淵」は渋沢栄一の雅号

襄山（ジョウザン）蜿蜒（エンエン）として波浪（ハソラ）の如く
西の方（カタ）信山（シンザン）に接して相（アイ）送迎す
奇険（キケン）就中（ナカンヅク）内山峡
天然の崔嵬（サイガイ）刓（ケズ）り成すが如し
刀陰（トウイン）の耕夫（コウフ）青淵子（セイエンシ）
販鬻（ハンイク）信（シン）に向って路程を取る
小春（ショウシュン）初八（ショハツ）好風景（コウフウケイ）
蒼松（ソウショウ）紅楓（コウフウ）草鞋（ソウアイ）軽し
三尺の腰刀（ヨウトウ）桟道（サンドウ）を渉（ワタ）り
一巻の肩書（ケンショ）崢嶸（ソウコウ）を攀（ヨ）づ
渉攀（ショウハン）益々深く険いよいよ酷（ハナハダ）しく
奇巌（キガン）怪石（カイセキ）磊々（ライライ）として横たわる
勢は青天を衝いて臂（ヒジ）を攘（カカ）げて躋（ノボ）り
氣は白雲を穿（ウガ）って手に唾（ツバ）して征（ユ）く
日亭（ニッテイ）未牌（ビハイ）絶頂に達し
四望（シボウ）風色（フウショク）十分晴る

佐久市肬水地内の「内山峡」の碑

遠近細辨濃與淡
幾青幾紅更渺茫
始知壮觀存奇險
探盡真趣游子行
恍惚此時覺有得
慨然拍掌歎一聲
君不見遁世清心士
吐氣呑露求蓬瀛
又不見汲汲名利客
朝奔暮走趁浮榮
不識中間存大道
徒將一隅誤終生
大道由來隨處在
天下萬事成於誠
父子惟親君臣義
友敬相待弟與兄
彼輩著眼不到此
可憐自甘拂人情
篇成長吟澗谷應
風捲落葉滿山鳴

遠近細かに辨（ベン）ず濃と淡と
幾青（イクセイ）幾紅（イクコウ）更に渺茫（ビョウボウ）
始めて知りぬ壮観の奇険（キケン）に存するを
真趣（シンシュ）を探り盡して游子（ユウシ）行く
恍惚として此時（コノトキ）得る有るを覺（オボ）ゆ
慨然(ガイゼン)掌(ショウ)を拍(ウ)って歎ずること一聲(イッセイ)
君（キミ）見ずや遁世（トンセイ）清心（セイシン）の士
氣を吐き露を呑んで蓬瀛（ホウエイ）を求むるを
また見ずや汲々（キュウキュウ）名利（メイリ）の客
朝奔（チョウホン）暮走（ボソウ）浮榮（フエイ）を趁（オ）うを
中間に大道（タイドウ）の存するを識（シ）らず
徒（イタズ）らに一隅を將（モ）って終生（シュウセイ）を誤る
大道は由來（ユライ）隨處（ズイショ）に在り
天下萬事（バンジ）誠に成る
父子は惟（コ）れ親（チカ）く君臣は義
友敬（ユウケイ）相（アイ）待つ弟（テイ）と兄（ケイ）と
彼（カノ）輩（ハイ）著眼（チャクガン）此に到らず
憐む可（ベ）し自ら甘んじて人情に拂（モト）ると
篇（ヘン）成って長吟すれば澗谷（カンコク）應（コタ）へ
風は落葉（ラクヨウ）を捲いて滿山（マンザン）鳴る

『澁澤青淵先生旧詩　内山峡　後学木内敬篤解説』より

「内山峡」の碑拓本
（渋沢栄一記念館所蔵）

3 二十二歳の企画力「藍玉力競」

見立番付に仕立てた「藍玉力競」

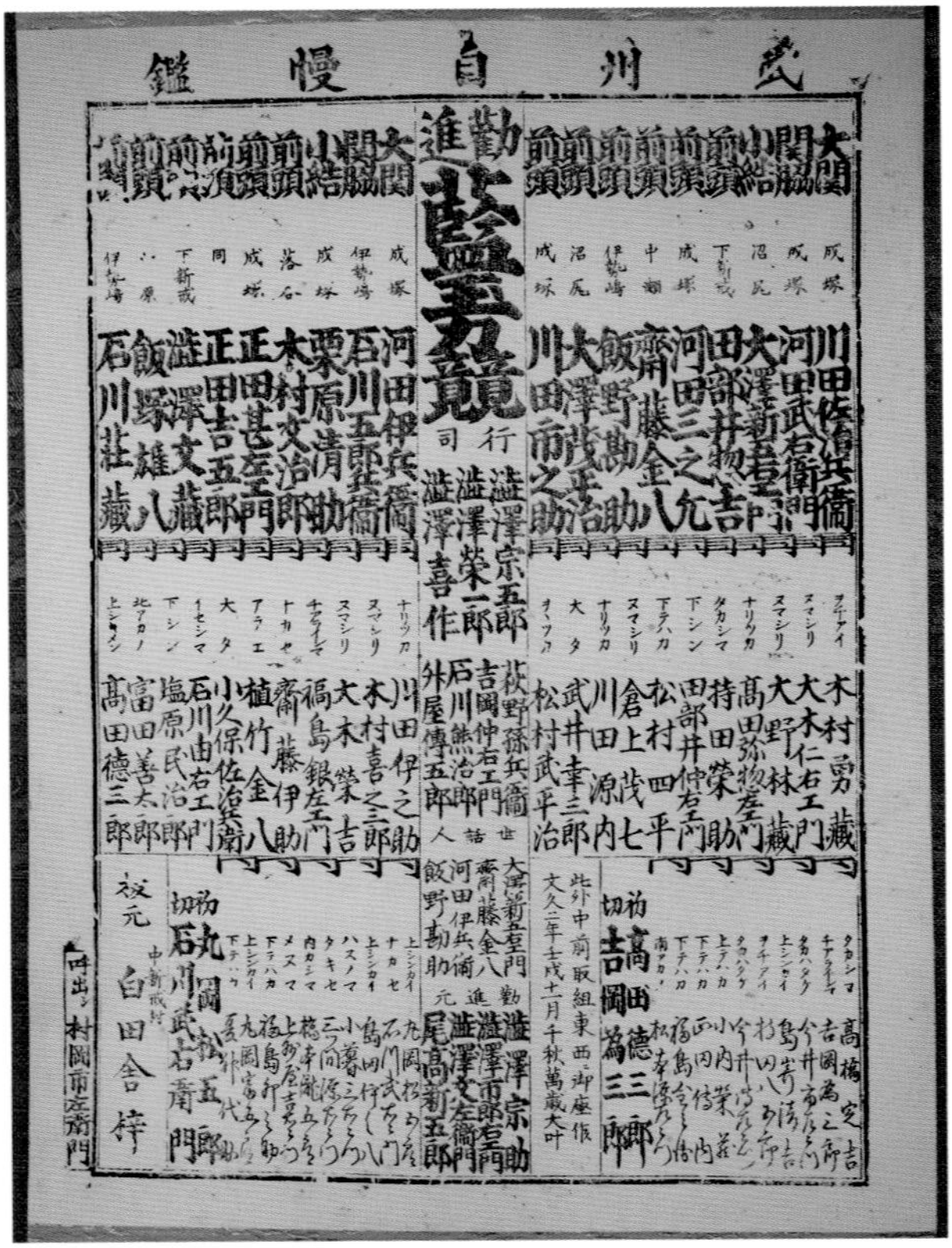

「武州自慢鑑 勧進藍玉力競」という不思議な番付表は、澁澤榮一郎（栄一）を中心に、喜作、宗五郎の従兄弟が行司役として名を連ねています。江戸で流行していた見立番付に仕立てた版木は、縦四〇五㎜×横二八〇㎜の大きさで、一八六二年（文久二）に彫られました。地元の家で保存されている版木から刷りたてた「藍玉力競」は、渋沢栄一記念館にて拡大して展示されています。

渋沢栄一は自らの歩みを語った『雨夜譚』の中で、「…家業を都合よくやりたいとか、または最良の藍を製造して、阿州（現徳島県）の名産に負けないようにして見たい、などという志望が起って、ある年、近村から多人数の藍を買い集めて、その藍を作った人々を招待して、あたかも相撲の番附のようなものを拵えて、藍の良否に応じて席順を定め、一番よい藍を作った人を一番上席に据えて、多人数を饗応した。（一部ひらがなに）…」と述べています。

家業に勤しむ父の傍らで、家のことよりも天下国家の議論に明け暮れる二十二歳の栄一は、息子として案を講じたのです。藍作農家を励まし、藍玉生産を盛んにしようとしたその企画力、実行力は、後に実業世界へ入る栄一の姿に繋がるように見えます。

乾燥させた藍葉

藍玉（あいだま）
渋沢栄一の生まれた家「中の家」では、藍玉の製造
販売を家業としていました。「中の家」で作られた藍
玉は直径約6寸（約18cm）といわれています（渋沢栄
伝記資料による）。

藍玉（旧渋沢邸「中の家」展示資料）

蒅（すくも）

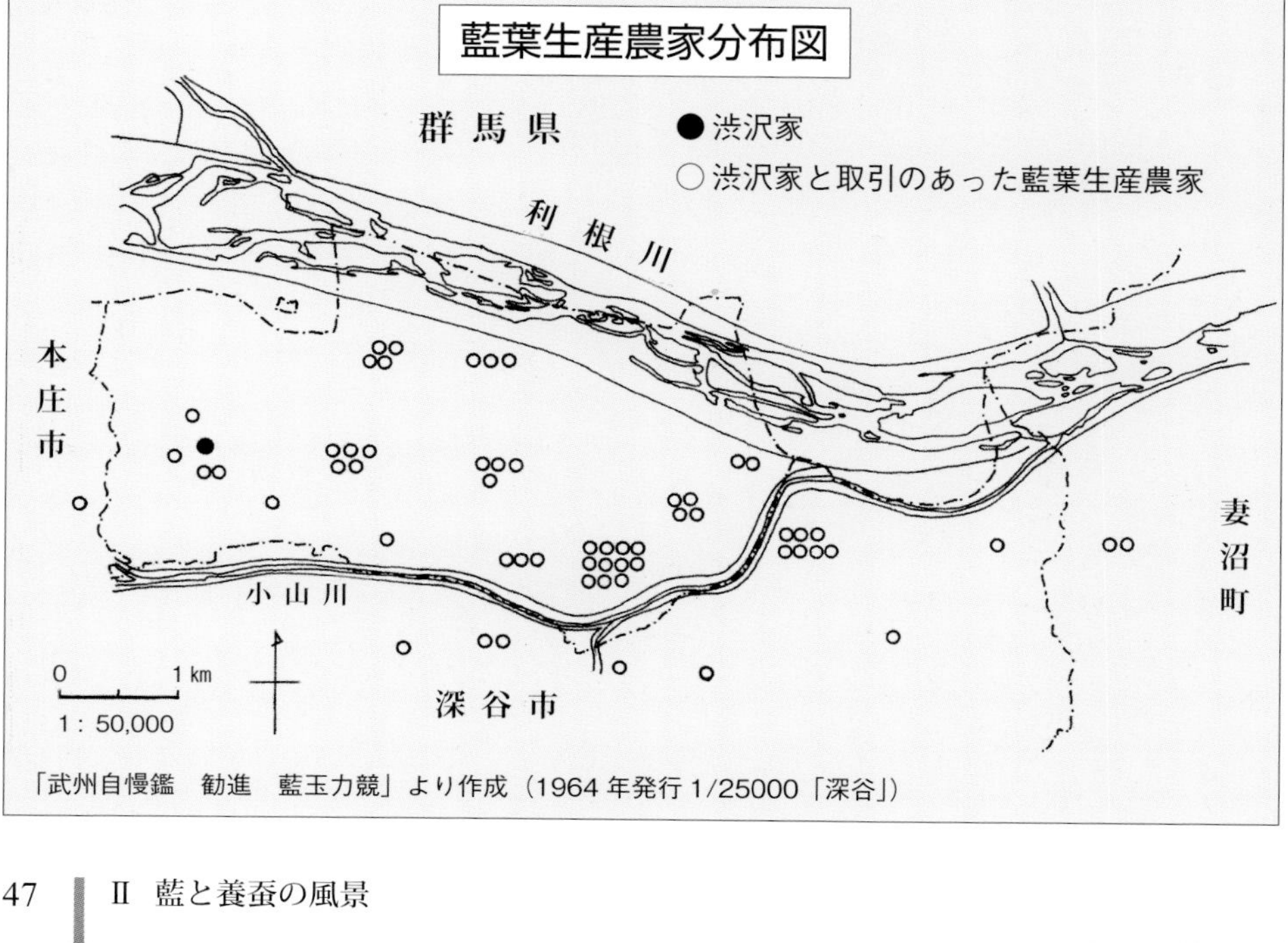

藍葉生産農家分布図

群馬県

● 渋沢家

○ 渋沢家と取引のあった藍葉生産農家

利根川

本庄市

妻沼町

小山川

深谷市

0 1 km

1：50,000

「武州自慢鑑　勧進　藍玉力競」より作成（1964年発行1/25000「深谷」）

４「お蚕様」を育てる

渋沢栄一の育った「中の家」では麦作や藍作、藍玉生産の他、春から初夏にかけて養蚕（春蚕）も行っていました。

徳川幕府が一八五四年（安政元）に鎖国を解くと、養蚕を営む血洗島周辺の村々では、利根川舟運を使って横浜に向けて蚕種と座繰りの絹糸を送りました。蚕の病気が流行していたイタリアやフランスから求められていたのです。

桑畑と養蚕を営む柳家（深谷市小前田にて）

栄一の伯父・宗助は養蚕技術を改良して『養蚕手引抄』を一八五五年に著し、無料で配布しています。

蚕種輸出は明治一〇年代後半に終わり、藍もインド藍やドイツからのインジゴが輸入されると国内産の需要は激減し、「中の家」を継いだ妹夫妻は主に養蚕業を生業にしました。日本の絹物類は主な輸出先をヨーロッパからアメリカへ変え、昭和初期にその全盛期を迎えてゆきます。

養蚕は、蚕を飼って繭をとる仕事です。蚕は卵（蚕種）から孵化し、桑の葉を食べ、四回脱皮して繭を作り、蛹となります。一つの繭を煮て引き出した「生糸」の長さは一五〇〇mほどになり、数本の生糸をまとめてよって絹糸にしていく作業が「製糸」です。現在、深谷市内で「お蚕様」を育てる養蚕農家は数軒を残すのみになっています。

桑を食べる蚕

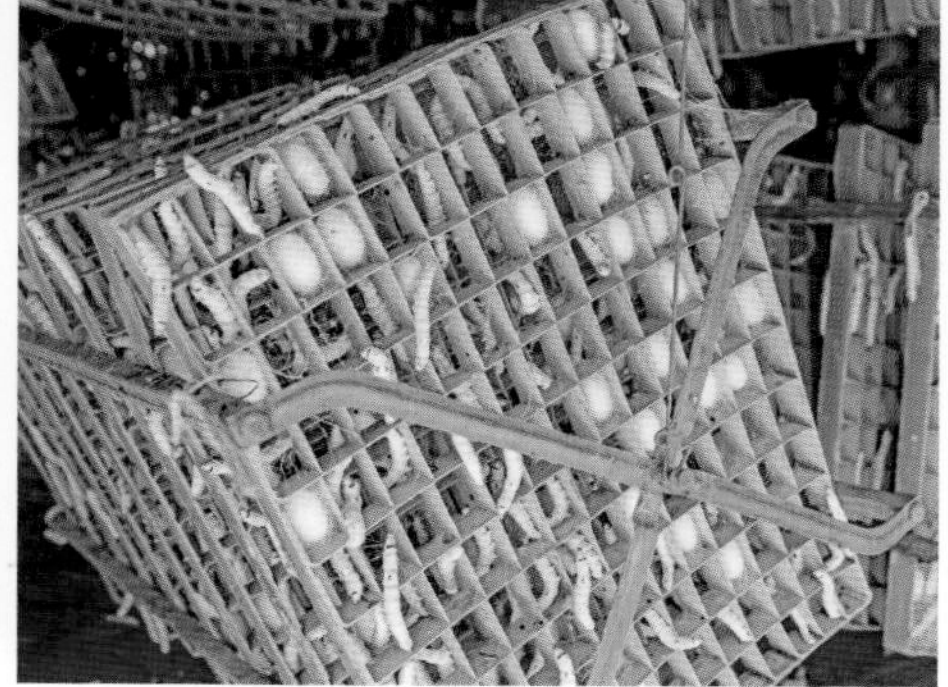

繭を作る蚕

5 富岡製糸場の初代場長に尾高惇忠

明治政府は近代化に必要な外貨の獲得には、器械製糸で良質な絹糸を大量生産できる官営模範工場が必要であると考え、大蔵省の伊藤博文を責任者に据えました。しかし、省内で蚕糸について詳しく知る者はおらず、「中の家」での養蚕体験を語った渋沢栄一にその事務を任せたのでした。

渋沢栄一は、蚕糸業に精通していたフランス人ポール・ブリュナと、建設地の調査、建物配置、建設工事、動力の蒸気機関、日本人にあった製糸器械の改良などの契約を結びました。そして、建設資材の調達や地元の調整には当時民部省にいた尾高惇忠を設置主任に充てました。木骨煉瓦造の建物に使う煉瓦を、明戸村（現深谷市）出身の韮塚直次郎が深谷の瓦製造職人を呼び寄せ、試行錯誤して焼き上げるなどの努力を経て、富岡製糸場は一八七二年（明治五）に設立をみました。惇忠は初代場長に就きましたが、工女の募集は難航し、娘のゆうは父の意を汲んで第一号の伝習工女となり、応募者の道を開いてゆきました。

二〇一四年（平成二六）六月、「富岡製糸場と絹産業遺産群」は世界遺産に登録され、木骨煉瓦造の東西の繭倉庫、繰糸所は同年一二月に国宝に指定されています。

煉瓦をフランス積みにした木骨煉瓦造の東繭倉庫

敷地の南側を流れる鏑川上空から見た富岡製糸場

韮塚直次郎が永明稲荷神社（深谷市田谷）に奉納した富岡製糸場図大絵馬（渋沢栄一記念館提供）

トラス構造の天井が見える繰糸所内部

韮塚直次郎(渋沢栄一記念館提供)

1870 年(明治3)に建てられた韮塚直次郎家(深谷市明戸)

6 養蚕と蚕種製造のパイオニア

深谷市と本庄市に接する島村（しまむら）（現群馬県伊勢崎市境島村）では、幕末に横浜港からの蚕種輸出を盛んに行いました。一方、その頃、江戸から逃れてくる論客を迎えて島村で講義が開かれると、渋沢栄一と尾高惇忠は馳せ参じています。

島村新地集落は利根川改修前には南に大きく蛇行する流路に接し、集落を囲むように優良な桑畑が広がっていました。田島弥平（たじまやへい）（一八二二～一八九八）は養蚕技術の研究・改良を重ね、総瓦葺き二階建ての屋根に換気のための櫓（やぐら）をのせた住宅兼蚕室を一八六三年（文久三）に建てました。「清涼育（せいりょういく）」と名付けたその養蚕技術には、全国から養蚕伝習生が集まりました。明治に入り、渋沢栄一は宮中養蚕の世話役に田島武平と弥平を推進し、一八七二年（明治五）に弥平が参内しています。また、同じ年に栄一の助言を得て島村勧業会社を興し、一八七九年（明治一二）には自らイタリアに渡って、島村蚕種の直輸出（じきゆしゅつ）を手掛けています。

田島弥平旧宅は二〇一四年（平成二六）六月に「富岡製糸場と絹関連遺産群」の構成要素として世界遺産に登録され、集落内にはそれぞれの屋号をもって蚕種製造を行った大きな建物を数多く見ることができます。

1868年（明治元）に建てられた「有隣館（ゆうりんかん）」（島村新地集落内）

島村新地集落上空より利根川、赤城山を望む（集落の中央に田島武平、弥平の旧宅が見える）

「遠山近水村舎（えんざんきんすいそんしゃ）」の屋号をもつ田島弥平旧宅

幕末頃に建てられた「進成館(しんせいかん)」(島村新地集落内)

1861 年(文久元)頃に建てられた「栄盛館(えいせいかん)」(島村新地集落内)

1866 年(慶応 2)に建てられた「對青盧(たいせいろ)」(島村新地集落内)

Ⅲ　煉瓦の風景

1884 年（明治 17）の栄一（左）、大蔵省時代の栄一（右）（渋沢史料館所蔵）

① 赤煉瓦のふるさと

渋沢栄一らによって一八八七年（明治二〇）に創立された日本煉瓦製造株式会社は、日本で最初の機械式煉瓦製造を行い、碓氷峠鉄道橋梁、東京駅丸の内駅舎、旧司法省、赤坂離宮などの建築に煉瓦を送りました。

明治政府の要請を受けた渋沢栄一は、利根川や小山川により運ばれた粘土で瓦を焼いていた上敷免村や新井村（両村とも現深谷市）を、煉瓦工場建設の候補地としました。両村からは畑の粘土を採って田にすることで原土の無償提供が申し出され、「上敷免工場」の建設が決まりました。政府の臨時建設局から派遣されたドイツ人煉瓦技師ナスチエンテス・チーゼ在職の三年間で、煉瓦焼成室が長円状に連なるホフマン輪窯三基と、乾燥室などを完成させ、その後、一九〇七年（明治四〇）までにホフマン輪窯を六基建設して生産を増やしました。しかし、煉瓦の需要は時代とともに少なくなり、二〇〇六年（平成一八）に役割を終えて幕を閉じました。

チーゼと令嬢が暮らした木造洋館（旧事務所）、ホフマン輪窯六号窯、旧変電室、備前渠鉄橋は一九九七年（平成九）に国の重要文化財に指定されています。

ホフマン輪窯６号窯（改修工事中）と上敷免工場跡にある深谷市浄化センター

ドイツ人煉瓦技師チーゼの居宅兼事務所として建てられた木造洋館

旧変電室

1907年（明治40）頃の上敷免工場（渋沢史料館所蔵）

ホフマン輪窯６号窯の内部（深谷市教育委員会所蔵）

②日本初の会社専用鉄道引込線

渋沢栄一は、一八八三年（明治一六）に開設されていた日本鉄道第一区線の深谷駅と上敷免工場とを結ぶ日本初の会社専用鉄道引込線の敷設の際には、自ら地元に赴いて路線の用地買収に協力を求めています。

上敷免工場は、一八八七年（明治二〇）の創業にあたり、製品の煉瓦と焼成に使う石炭の輸送には舟運を利用しました。利根川に流れ込む小山川から工場へ掘割を作り、利根川・江戸川を通じて東京と結んでいたのです。しかし、舟運は川の水量の変化や天候による影響を受け易く、船の維持や輸送体制にも負担が重なりました。

そこで、会社は輸送の安定化を図るために鉄道輸送の方法について渋沢栄一に相談すると、栄一は即座に賛成し、会社専用鉄道引込線は一八九五年（明治二八）に開業されました。専用鉄道の開業により舟運は姿を消し、深谷駅は煉瓦と石炭の中継地の役割を担い、上敷免工場の煉瓦は東京だけでなく日本各地に輸送されました。

新井線とも呼ばれた専用鉄道は一九七五年（昭和五〇）に廃止届が提出され、四・二㎞の廃線跡は遊歩道「あかね通り」となっています。

備前渠鉄橋

上敷免工場跡へつながる遊歩道・あかね通り

遊歩道・あかね通りには会社専用鉄道引込線の説明板がある

③ 鉄橋の遺産　プレートガーダー橋

渋沢栄一は「深谷・上敷免間鉄道敷設願」を一八九五年（明治二八）七月、逓信大臣宛てに提出し、会社専用鉄道引込線の運転が開始されました。四・二kmの工事はわずか四ヶ月あまりで完成したのです。

専用鉄道引込線には唐沢川（からさわがわ）、福川（ふくがわ）、備前渠用水路の三箇所に鉄道橋が架けられました。いずれの橋も明治政府によって招聘されたイギリス人鉄道技師チャールズ・アセトン・W・ポーナルの設計に基づいた規格であることから、ポーナル型プレートガーダー橋と呼ばれます。「プレート」は鋼板、「ガーダー」は橋桁の意味で、橋脚には日本煉瓦製造株式会社製の煉瓦が積まれました。

福川鉄橋は全長約一〇m、幅員約一・五mで、日本で現存する最古のポーナル型プレートガーダー橋です。引込線廃線後、線路跡の遊歩道脇に設けられたブリッジパークに移設・保存されました。福川鉄橋のレールにはベルギーの製鉄所（Societe de John Cokerill）を示す「SJC」のマークが刻まれています。栄一は、渡欧した際にベルギー国王が徳川昭武（あきたけ）に自国の鉄をセールスしたことを思い浮かべていたのでしょうか。

プレートガーダー橋の煉瓦造の橋脚

明治期の引込線を走る蒸気機関車（深谷市教育委員会所蔵）

ブリッジパークに移設・保存されているプレートガーダー橋

遊歩道・あかね通りとブリッジパーク

４「丸の内」を語る赤煉瓦駅舎

開業当時の姿に戻った東京駅丸の内駅舎

東京駅丸の内駅舎の躯体用煉瓦約八三三万個は日本煉瓦製造株式会社上敷免工場製です。設計者の辰野金吾は、一八八三年（明治一六）に渋沢栄一が総代を務める銀行集会所の煉瓦建築を任されています。

東京駅は新橋～上野間に中央停車場を置くことで計画されました。鉄骨を煉瓦の壁の中に埋め込んだ鉄骨煉瓦造で、構造材としての躯体用煉瓦の他に、外装用には化粧煉瓦が使用されました。六年九ヶ

東京駅丸の内南口ドーム天井

月の工期を経て一九一四年（大正三）一二月に竣工した際、中央停車場は「東京駅」と命名されました。

一九二三年（大正一二）の関東大震災では無傷でしたが、一九四五年（昭和二〇）五月二五日の空襲により大きな被害を受け、その後の改修工事で二階建てとなりました。

二〇〇三年（平成一五）に国指定重要文化財となった後、保存・復原工事により、二〇一二年（平成二四）一〇月、「我が国煉瓦建築の集大成」といわれた地上三階建て、横三三五mの駅舎は、開業当時の姿に戻りました。

新一万円札には渋沢栄一の肖像と東京駅丸の内駅舎が採用され、丸の内の歴史に一ページを加えます。

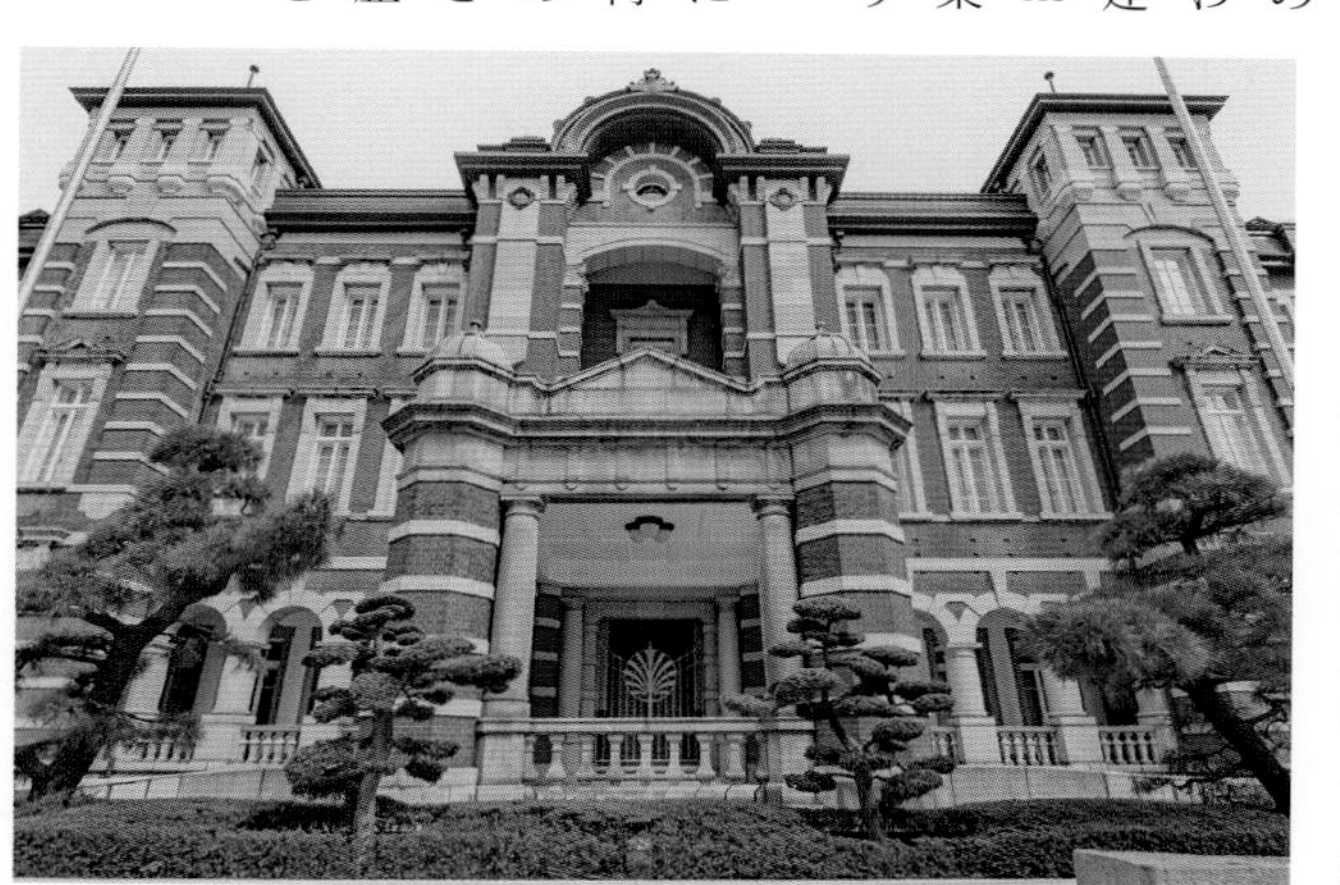
東京駅丸の内駅舎正面

5 歴史をつなぐミニ東京駅

渋沢栄一の関わる日本鉄道会社は、北関東地方の絹糸や絹織物の輸送を担えるよう、日本鉄道第一区線として上野〜高崎間の路線を敷設し、一八八四年（明治一七）に開通させました。深谷駅（JR高崎線）の現駅舎は一八八三年（明治一六）の開業から三代目となり、「ミニ東京駅」とも呼ばれます。深谷駅が東京駅丸の内駅舎に使用された煉瓦輸送に果たした役割もあることから、丸の内駅舎を模した外観となりました。鉄骨造三階建、レンガタイル貼りの橋上駅舎は、一九九六年（平成八）七月に竣工し、一九九九年（平成一一）には関東の駅一〇〇選の一つに選ばれました。

駅北口を降りると栄一没後八〇年となる二〇一二年（平成二四）に設置された「渋沢栄一からくり時計」が乗降客を出迎えます。さらに、駅北口ロータリー内の青淵広場に立つ「青淵渋沢栄一翁」の銅像は、自ら取り組んだ会社専用鉄道引込線と赤煉瓦の歴史をつなぐ現駅舎を見守っているかのように座しています。

なお、深谷駅の発車メロディーは、市の特産物である深谷ねぎにちなんで「おねぎのマーチ」が流れます。

深谷駅北口にある「渋沢栄一からくり時計」

会社専用鉄道引込線跡の遊歩道

橋上駅の深谷駅舎。後方に見えるのは浅間山

深谷駅北口ロータリー内の青淵広場に座す「青淵渋沢栄一翁」銅像

⑥ 街に残る赤煉瓦の建物

深谷市では、「渋沢栄一翁の顕彰とレンガを活かしたまちづくり」事業をすすめています。「ミニ東京駅」とも呼ばれる深谷駅から新駅通りの先には、煉瓦の外観にホフマン輪窯のデザインを加えたレンガコリドーのある市役所新庁舎が迎えてくれます。市内の公共施設には煉瓦をあしらったデザインが数多くあります。

深谷駅の北側に広がる市街地は、江戸時代の五街道の一つである中山道の宿場町として栄えました。中山道は日本橋を起点として京都まで六九次あり、板橋宿から九つ目の宿場が深谷宿です。東西にある常夜灯に挟まれた約一・七kmの中に、本陣一軒、脇本陣四軒、旅籠八〇軒がありました。一八八三年（明治一六）に深谷駅が開業すると、深谷宿は旅客と物流の拠点となりました。そして、一八九五年（明治二八）には煉瓦工場を結ぶ専用鉄道引込線が開業し、深谷駅からは日本各地に煉瓦が輸送されました。

同時に、深谷駅周辺の市街地を中心に煉瓦造りの店舗や倉庫、工場などが建ちはじめたのです。深谷市内に残る煉瓦造りの建物は、煉瓦による近代化をすすめた栄一の仕事を今に伝えています。

福島屋

丸山酒造

深谷シネマのある旧七ツ梅酒造跡

藤崎藤三郎商店

滝沢酒造

ツカモト燃料

石川医院

ときわ園

小林商店

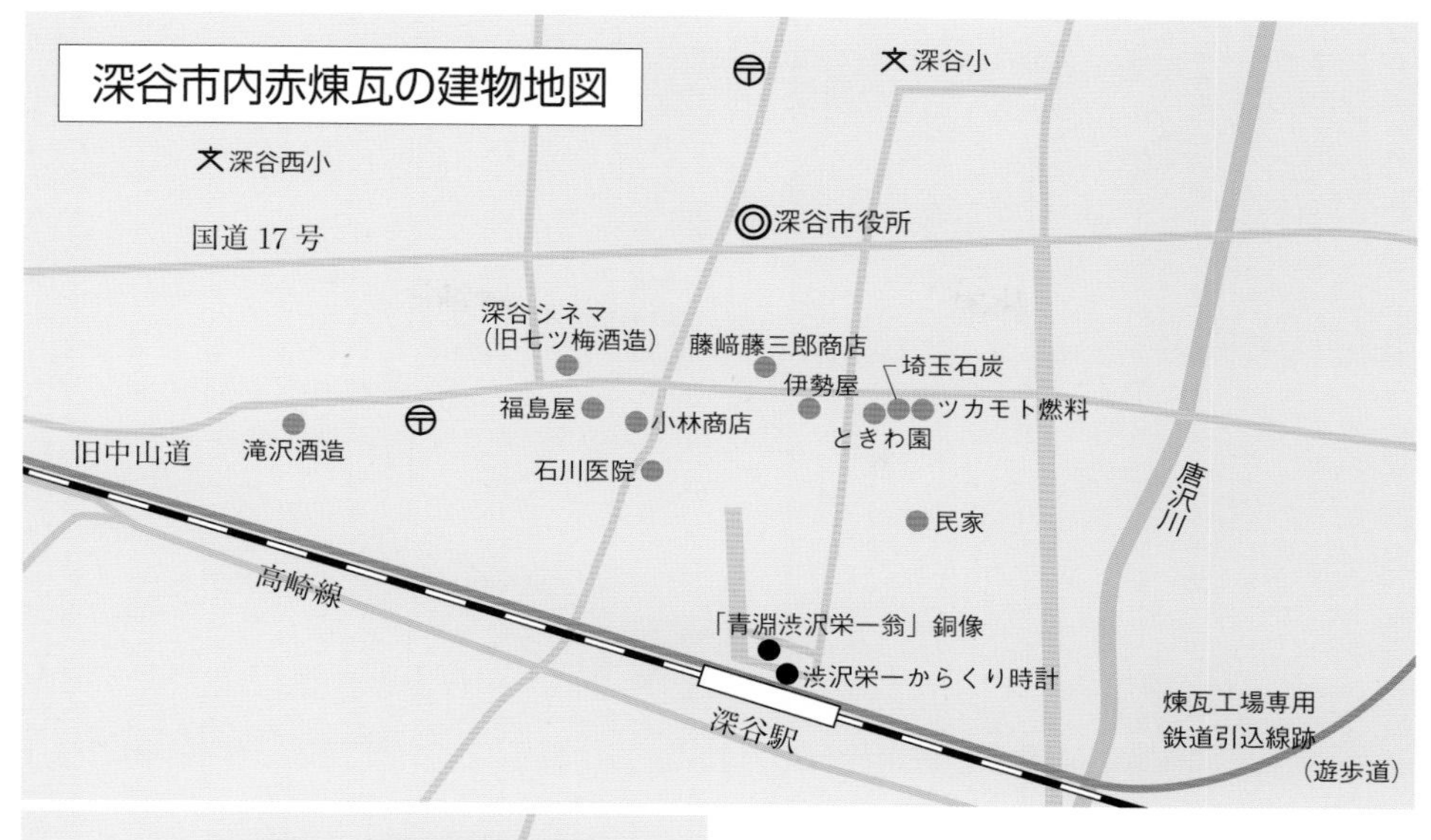
深谷市内赤煉瓦の建物地図
深谷小
深谷西小
深谷市役所
国道 17 号
深谷シネマ
（旧七ツ梅酒造）
藤﨑藤三郎商店
埼玉石炭
伊勢屋
福島屋
小林商店
ツカモト燃料
ときわ園
滝沢酒造
旧中山道
石川医院
唐沢川
民家
高崎線
「青淵渋沢栄一翁」銅像
渋沢栄一からくり時計
深谷駅
煉瓦工場専用
鉄道引込線跡
（遊歩道）

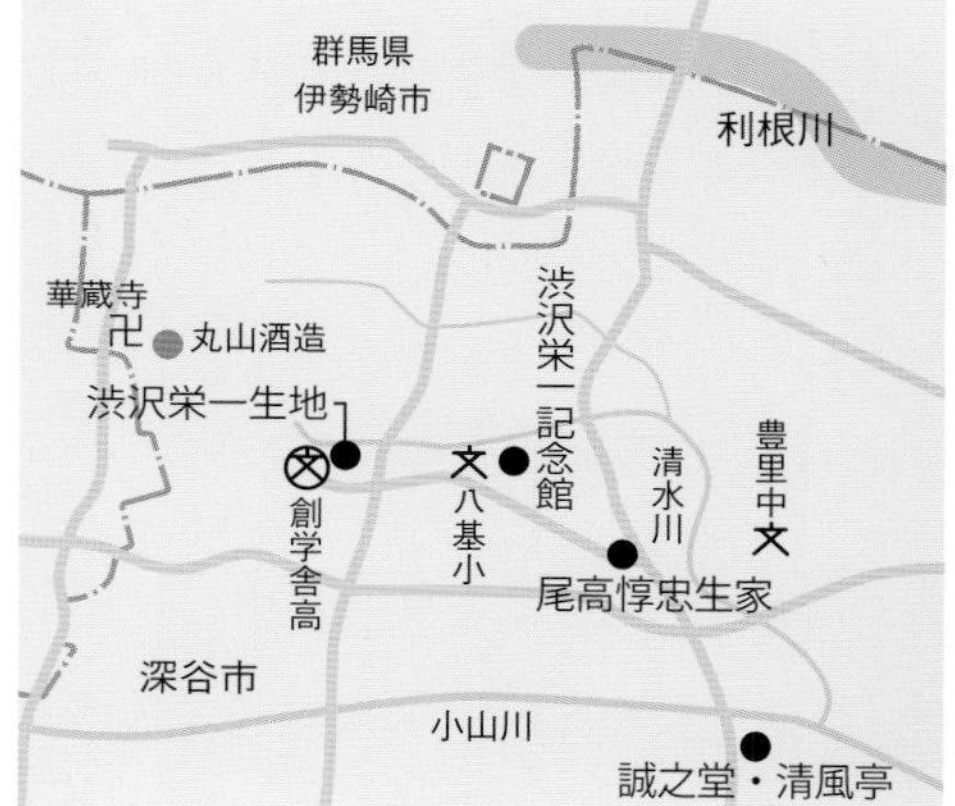
群馬県
伊勢崎市
利根川
華蔵寺
丸山酒造
渋沢栄一生地
渋沢栄一記念館
清水川
豊里中
創学舎高
八基小
尾高惇忠生家
深谷市
小山川
誠之堂・清風亭

伊勢屋

民家

埼玉石炭

◆日本煉瓦製造株式会社の煉瓦を使った主な建造物

法務省旧本館

慶應義塾大学図書館旧館

猪苗代第二発電所

立教大学本館

迎賓館赤坂離宮

山の手線（新橋駅高架）

旧信越本線碓氷第三アーチ橋（めがね橋）

Ⅳ 引き継ぐ風景・故郷篇

晩年の栄一　孫達に囲まれて 1929 年（昭和 4）（渋沢史料館所蔵）

❶ 渋沢栄一の歩みを一堂に

渋沢栄一記念館北面に立つ渋沢栄一銅像

ギリシャ神殿を思わせる円柱が並ぶ渋沢栄一記念館は、一九九五年（平成七）一一月一一日に開館しました。館内一階には渋沢栄一の事績を紹介するビデオ映像を視聴できる多目的室と渋沢栄一資料室があり、二階には肉声録音を再生できるコーナーや、アンドロイドとなって蘇った渋沢栄一が語る「道徳経済合一説」の講演を間近に聞ける講義室などがあります。

一階資料室では栄一の歩みを、郷里の時代、一橋家に仕官した時代、大蔵省時代、実業界・国際親善・社会事業での活動時代にして、順を追って写真、史料、

講演する栄一のアンドロイド（渋沢栄一記念館所蔵）

渋沢栄一の生涯を学べる１階資料室

遺墨などで紹介し、企画展示と合わせて見学できます。また、記念館北面に廻ると、『論語』を右手にもった高さ約五mの渋沢栄一銅像が、北関東の山々を望んで立っています。

渋沢栄一記念館は公民館機能を併せ持ち、栄一の祥月命日である一一月一一日には、栄一の遺徳を偲んで「にぼうと会」が開かれています。八基小学校校歌、遺徳を学ぶ講話、中学生の発表に続き、栄一が帰郷の際に好んで食べたと伝えられる郷土料理の煮ぼうとう（にぼうと）が参会者にふるまわれます。

渋沢栄一記念館と赤城山

② 市民の憩い　青淵由来の公園

渋沢栄一の雅号・青淵を冠した「青淵公園」が、栄一の生地「中の家」、八基小学校、渋沢栄一記念館の北側に隣接して整備されています。青淵公園は清水川に沿って東西は約一三〇〇mに及び、南北幅は約一五〇mあります。清水川は小山川に注ぎ、小山川は利根川に合流します。道路河川部を除いて九・八haの中に、調節池、多目的広場、遊戯広場、洋風庭園、休憩施設などがあり、春には満開の桜が迎え、冬季にはイルミネーションが施され、公園はたくさんの人達に親しまれています。

渋沢栄一が育った頃には、「上の淵」「下の淵」と呼ばれた池がありました。「中の家」の裏手は深く青い淵となっていたことから、従兄の尾高惇忠により「青淵」の雅号が名付けられたと伝わっています。一九三七年（昭和一二）、清水川のほとりに「青淵由来之跡」の碑が八基村青年団により建てられました。

公園には、渋沢栄一に因む「青淵橋」、尾高惇忠の「藍香橋」、渋沢栄一の父・市郎右衛門の「市郎橋」が架かり、散歩コースにある栄一の訓言により、栄一の考えや歩んだ道のりをたどることができます。

「青淵由来之跡」の碑

青淵公園と旧渋沢邸「中の家」

青淵公園のイルミネーション（冬期限定）

3 八洲の国の基なる　八基小学校

渋沢栄一とアメリカの宣教師ギューリックは、日米で子どもの頃からの心の交流が大切であると考え、一九二七年（昭和二）に青い目の人形と日本人形を贈り合いました。祖父の意志を継いだ孫のギューリック三世は、八基小学校に友情人形・スーザンちゃんを贈り、二〇一九年（令和元）には夫妻で来校して友好を深めました。

八基小学校の校区にあった八つの村（横瀬、南阿賀野、北阿賀野、血洗島、町田、上手計、下手計、大塚）は、一八九〇年（明治二三）に合併する際、渋沢栄一により「八基村」と命名してもらいました。

渋沢栄一は一八九六年（明治二九）の校舎新築をはじめ、図書館の設置などに助力を惜しまず、帰郷時には小学校で講演を行いました。「八洲の国の基なる」と栄一が故郷の発展を願った村名の入る校歌は、栄一の長女・穂積歌子により一九一五年（大正四）に作詞されました。校歌は子供達と共に地域で歌い継がれ、同校の教育は栄一の生き方から学ぶ「立志と忠恕」を大切にしています。

校舎屋上には、かつてこの地域が藍の産地であったことから藍色に施された校章が掲げられ、栄一や惇忠らの藍への思いを子供達に伝えています。

渋沢栄一の甥・渋沢元治の書による校歌額

校歌
作詞　穂積歌子
作曲　小松耕輔

（一）
仰げば高し　秩父山
望めば深し　利根の川
山川我に　教うなり
いざもろともに　学びてん

（二）
この武蔵野に　生いたちて
いさおは四方に　かくれなき
先進我を　導びけり
いざもろともに　はげみてん

（三）
八洲の　国の　基なる
大御宝ぞ　我が友は
学びはげみて　いやましに
里の名　高く　世に挙げん

澁澤元治書

八基小学校を訪れた渋沢栄一 1926年（大正15）
（埼玉県立図書館所蔵）

藍色に施された校章のある八基小学校校舎

シャノンちゃん

渋沢栄一記念館

渋沢栄一記念館にやってきた現代の「青い目の人形」は、名前を「シャノンちゃん」といいます。

パスポートには、目は青色、髪はブロンド、お誕生日は2008年2月2日、出身地はアメリカのメリーランド州アデルヒーと記されています。

スーザンちゃん

深谷市立八基小学校

八基小学校にやってきた現代の「青い目の人形」は、名前を「スーザンちゃん」といいます。

パスポートには、目は青色、髪はブラウン、お誕生日は2008年1月1日、出身地はアメリカのメリーランド州アデルヒーと記されています。

現代の青い目の人形（シャノンちゃん、スーザンちゃん）を贈ってくださった、シドニー・ギューリック3世ご夫妻。

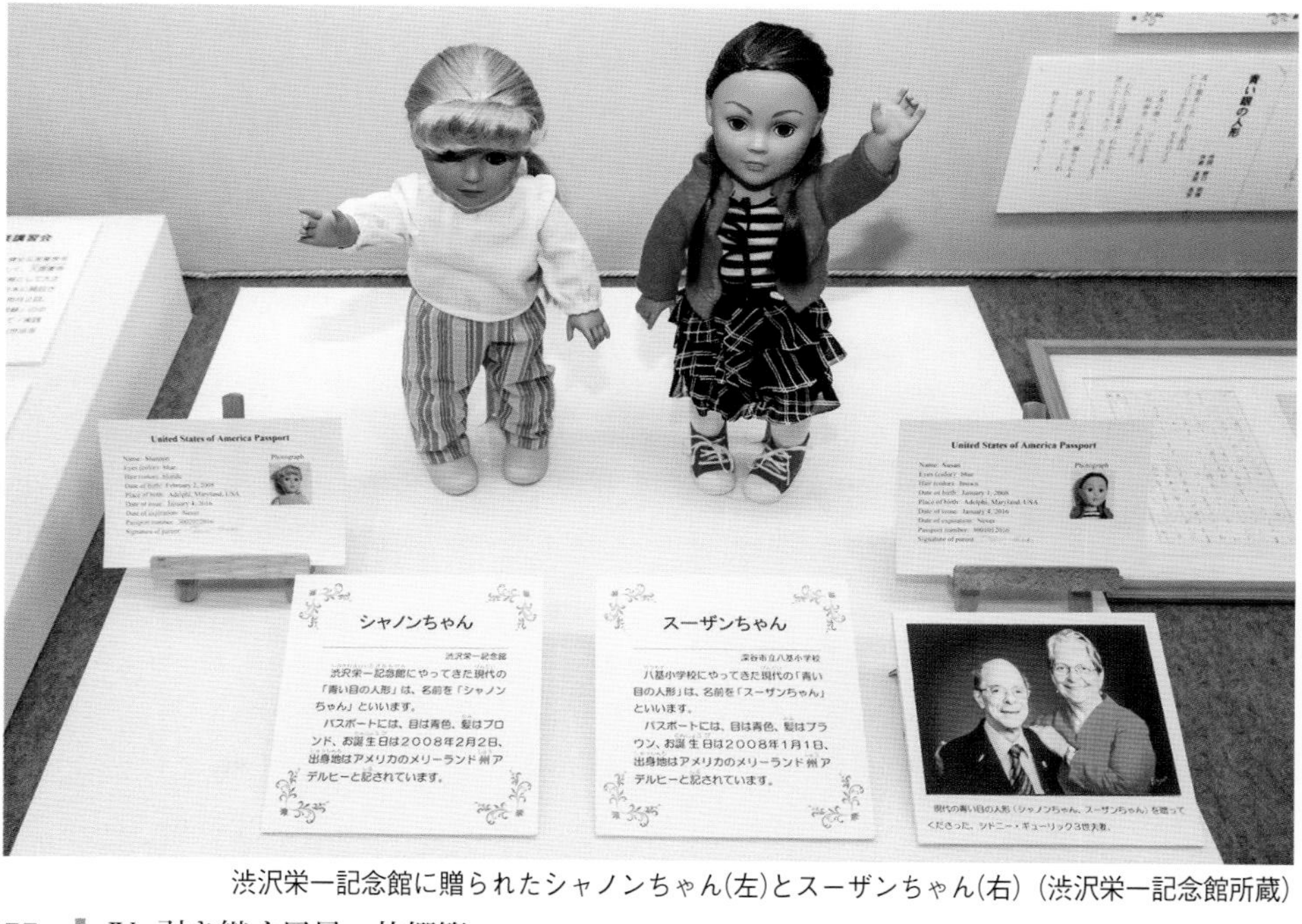

渋沢栄一記念館に贈られたシャノンちゃん(左)とスーザンちゃん(右) (渋沢栄一記念館所蔵)

④ 学校を支援する　商業教育への願い

渋沢栄一は、一八七五年（明治八）、森有礼が設立した商法講習所を受け継ぎました。高い倫理の経営手腕をもった人材育成を願って支援を行い、東京高等商業学校に発展させたのち、政府を説得して一九二〇年（大正九）に東京商科大学（現一橋大学）に昇格することができました。

深谷町（現深谷市）にて一九一九年（大正八）に町商工会を中心にして町を挙げての商業学校設立運動が興ると、渋沢栄一は関係者を励まし、助力を惜しみませんでした。一九二一年（大正一〇）四月に町立深谷商業学校は開校し、現在地での新校舎の建設に懸かり、フレンチ・ルネサンス様式を基調とした左右対称、中央に尖塔のある校舎（二層楼）が翌年四月竣工しました。栄一は同年一〇月に学校に赴いて講演と記念植樹を行い、校訓となる「至誠」と「士魂商才」を揮毫しました。

深谷商業高等学校記念館となった二層楼は、大正時代の木造校舎建築の様式を残すことから、二〇〇〇年（平成一二）に国の登録有形文化財に指定されました。そして、二〇一三年（平成二五）一〇月に保存修復工事を終えて、創建当時の萌黄色の外観が蘇りました。

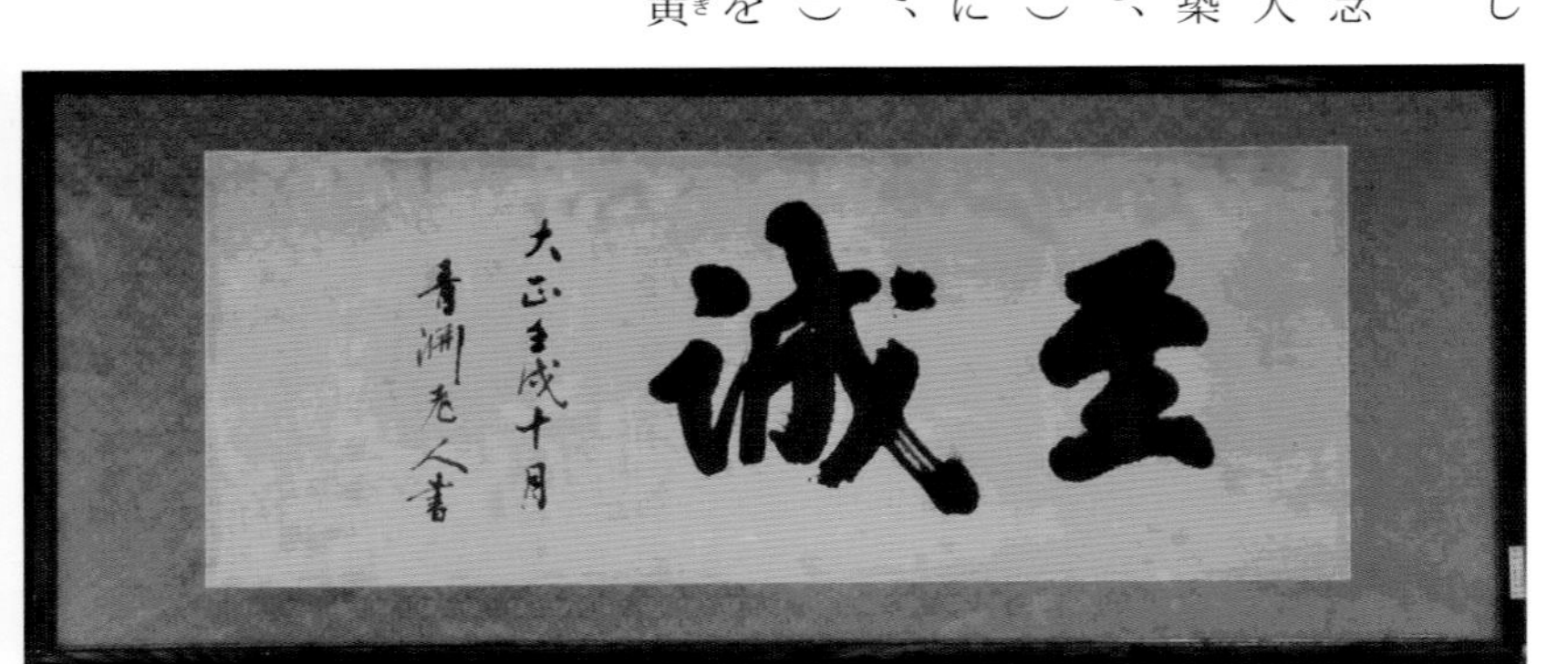

渋沢栄一揮毫「至誠」の額

校歌に「巍峨壮麗（ぎがそうれい）の二層楼」と歌い継がれる深谷商業高等学校記念館

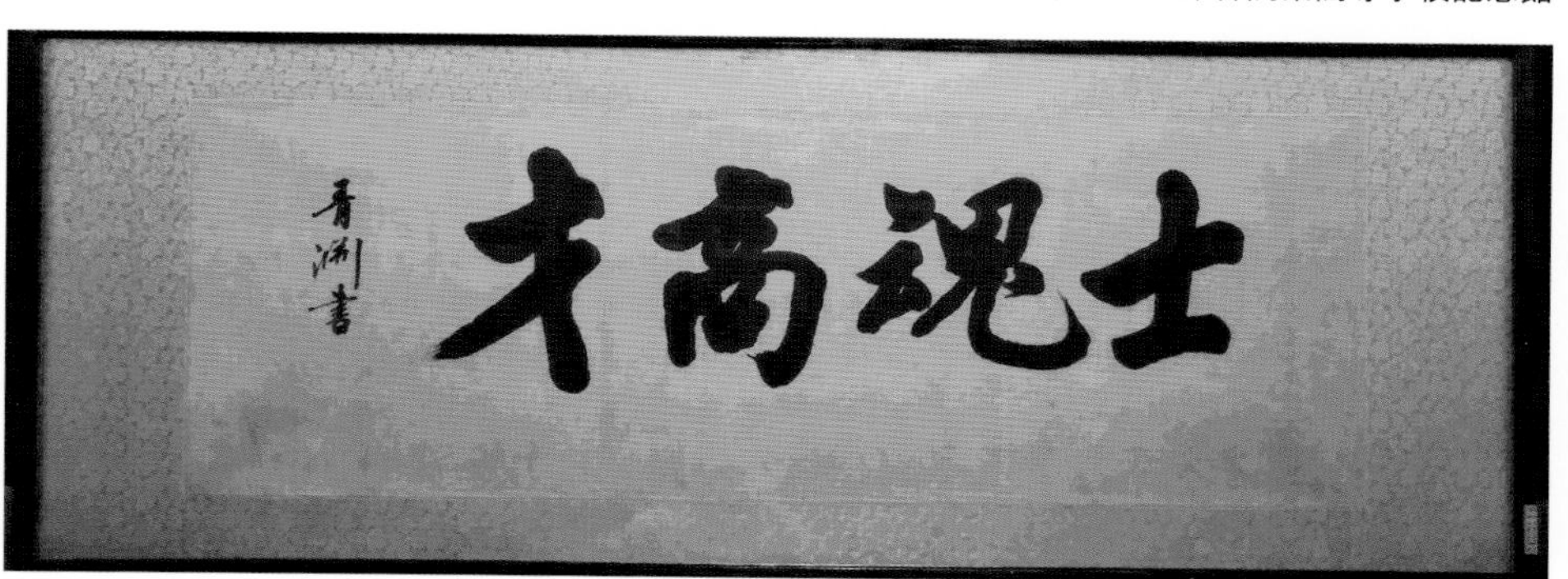

渋沢栄一揮毫「士魂商才」の額

5 尾高惇忠の活躍　備前渠をめぐって

備前渠改閘の碑は、一九〇三年（明治三六）に、備前渠用水矢島堰の近くに建てられました。徳川慶喜の篆額のもと、渋沢栄一が取水口をめぐる人々の労苦を自ら撰文して筆を執っています。

備前渠用水は、江戸幕府開設の翌年、一六〇四年（慶長九）に、幕府の命により開削された埼玉県最古の用水路です。仁手村（現本庄市）にて利根川から取水し、堀を開いて小山川に合流させ、矢島堰で用水を分流させています。用水は深谷市、熊谷市、行田市などの新田開発や農業生産に大きな役割を果たしてきています。「備前」の名は開削工事にあたった関東郡代伊那備前守忠次に因んでいます。

一七八三年（天明三）の浅間山の大噴火は、烏川や利根川の河床を変化させ、水争いが起きるようになりました。

一八六九年（明治二）、取水口を下流の中瀬村（現深谷市）に付け替える計画が示されると地元では反対運動が起こります。尾高惇忠が建白書をまとめ、民部省に赴いて説明した結果、計画は白紙に戻りました。この時、惇忠の識見と人格が認められ、民部省に迎えられることになったのです。

備前渠改閘の碑

小山川に合流した用水は矢島堰により分流する

備前渠用水

6 「ねぎ」は深谷から貨車にゆられて

「深谷ねぎ」は、白根が長い根深ねぎで、主に秋から冬に出荷の最盛期を迎えます。種を冬の終わりころにまき、春から夏に定植作業を行い、三～四回の土寄せ作業で白根を伸ばし、寒さによって甘みを増していきます。

明治初期に八基地区にて自家用として千葉県から導入されたといわれ、利根川と小山川に囲まれている八基村・新会村・中瀬村（いずれも現深谷市）では明治後期には養蚕との仕事が重ならない作物としてねぎの生産が広まりました。大正時代になると、東京方面への出荷も始まり、作付けを増やします。「中の家」を継いだ栄一の妹夫妻の次男・渋沢治太郎は八基村の指導者となり、ねぎの販売先を深谷町で問屋を営む永徳屋に相談しました。海産物の乾物の取引先であった新潟、三陸、北海道の漁場は冬に野菜が少ないことから、乾物を降ろした貨物列車でねぎを送ることを考えたのです。このとき、ねぎを積み込んだ深谷駅の名にちなんで「深谷葱」の商標を付けたことが、「深谷ねぎ」の名前の由来です。そして、旧深谷駅舎には、吉野秀雄（一九〇二～一九六七）の「ふかや葱　深谷の駅に積まれゐて　さきたまあがた　冬に入りけり」の歌が掲げられていました。

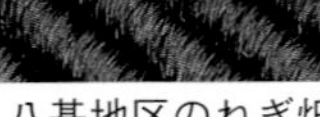

八基地区のねぎ畑

現在、栽培技術等の向上により、深谷市内各地でねぎは生産され、春・夏に出荷されるねぎもあります。

白根が長い「深谷ねぎ」（道の駅おかべにて）

積雪時のねぎ畑

◆「煮ぼうとう」に栄一も舌つづみ

煮ぼうとうは「にぼうと」とも呼ばれ、深谷を代表する伝統的な郷土料理です。渋沢栄一は帰郷した際に「にぼうと」を好んで食べたと伝わっています。豪華な接待よりも親しい人たちと膝を交えてにぼうとを食べ、故郷の味を共に楽しむ心遣いでもあったのでしょうか。深谷市北部の水田の裏作は、小麦の作付けが盛んです。家庭では日常的に小麦粉を使った料理や煮ぼうとうが食卓に並び、冠婚葬祭時にはうどんが出される風習が今もあります。

特産の深谷ねぎと地元で生産される根菜類をたっぷり入れて、幅広の麺を生麺の状態から煮込み、醤油で味をつける煮ぼうとうは、生麺から煮込むことで程よいとろみが生まれ、野菜のうま味も加わります。栄一の祥月命日である一一月一一日には、遺徳を偲ぶ「にぼうと会」が渋沢栄一記念館を会場に催され、市内の学校給食ではこの日を中心に煮ぼうとうがメニューにのぼります。

現在、製麺会社や製麺所では、煮ぼうとうの麺を購入することができます。写真は市内の飲食店で煮ぼうとうを提供する主な店の煮ぼうとうです。

「笑カフェ」

「麺屋忠兵衛」

「三男坊」

「虎ひげ」

「楓」

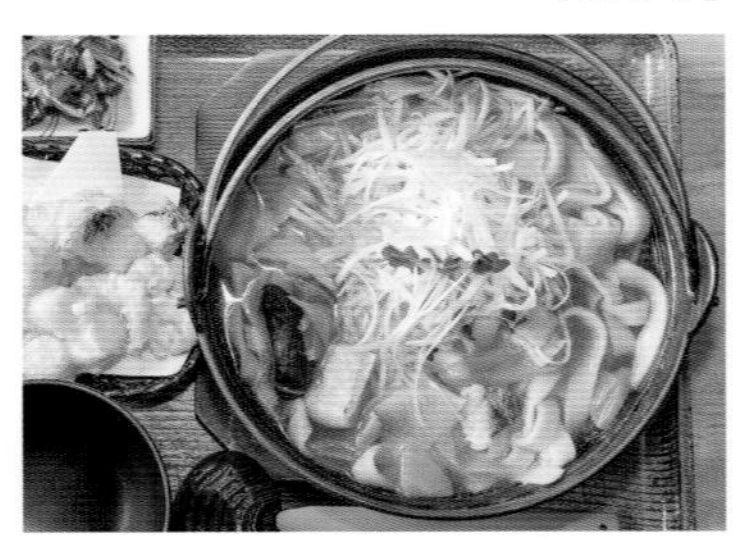

「道の駅おかべ　そば蔵」

V 引き継ぐ風景・実業篇

講演する栄一 1924 年(大正 13) (渋沢史料館所蔵)

1 官界から実業界に転進

大蔵少輔（しょうゆう）に上った渋沢栄一は「国立銀行条例」の草案作りに努め、この時、英語のbankを「銀行」と訳しました。条例が制定された翌年の一八七三年（明治六）五月、栄一は政府の財政運営に異を唱え、上司の井上馨（いのうえかおる）とともに大蔵省を退官しました。「論語を処世の指針として商工業の発達を謀る」志を貫徹しようと実業界に進んだのです。

第一国立銀行は、国立銀行条例に則った民間企業です。三井組と小野組からそれぞれ一〇〇万円と、一般からの四四万円余りの資本金で同年六月に創立し、栄一は総監役（後に頭取）となりました。兜町に居を移した栄一が洋装にて銀行に通ったその姿は、飛鳥山の旧渋沢庭園内の銅像にみることができます。銀行経営を足場に各種商工業の企業を立ち上げ、一九一六年（大正五）に頭取を辞任した後も支援し、商工業の発展のため指導にあたりました。

東京都中央区にあるみずほ銀行兜町支店入り口の壁面には、「銀行発祥の地」のレリーフが取り付けられ、和洋折衷の建物で錦絵にも描かれた第一国立銀行設立の地に建つことを示しています。また、支店の西側壁面には、栄一と銀行の歩みを説明するパネルも設置されています。

みずほ銀行兜町支店

錦絵に描かれた第一国立銀行（渋沢史料館所蔵）

「銀行発祥の地」のレリーフ

みずほ銀行兜町支店壁面の解説パネル

② 商工業者の声を世論に

大隈重信は、欧米諸国との不平等条約改正に向けた商工業による世論機関の設置を渋沢栄一に相談しました。そこで、栄一は実業界の主だった人々を仲間にして一八七八年（明治一一）、東京商法会議所を創設し、初代会頭に就きました。三八歳から二七年間、業種を超えて情報を集めて意見交換を行い、実業界の地位向上や、殖産興業の促進、貿易振興、国民外交に尽くし、民間の立場から世論を後押ししました。中でも、栄一の関わった日米民間外交では、第一八代米国大統領・グラント将軍の訪日接待、アメリカ西海岸実業団の招待、渡米実業団を組んでの九〇日に及ぶ視察・訪問が特筆されます。

東京商法会議所は組織の改編を経て東京商業会議所になり、一八九九年（明治三二）に現在地（東京都千代田区二重橋ビル）に赤煉瓦のビルを落成し、一九二八年（昭和三）年に東京商工会議所に改称されました。商工会議所として日本で一番長い歴史をもちます。

関東大震災の時には栄一は大震災善後会を結成し、東京商業会議所ビルを拠点として、復興に向けて募金や救済活動を行いました。

初代会頭渋沢栄一像（東京商工会議所１階フロアー）

東京商工会議所の入る二重橋ビル

日本煉瓦製造株式会社上敷免工場製の煉瓦を使用して竣功した東京商業会議所（渋沢史料館所蔵）

渋沢栄一関係資料（東京商工会議所５階フロアー）

3 日本経済の心臓 東京証券取引所

「日本経済の心臓」といわれる証券市場を代表する東京証券取引所は、日本で最初の株式取引所である東京株式取引所跡地にあります。

渋沢栄一は大蔵省在官時、米相場について取引所を許可するかどうかを論じ、フランスでの知見もあって「先物約定取引」を認める立場をとりました。そして、一八七三年（明治六）に第一国立銀行を創立した後、株式を売買するための取引所の必要性を政府に願い出ていました。一八七八年（明治一一）五月四日に株式取引所条例が制定されると直ちに設立を出願し、五月一五日には許可を得て、小松彰を頭取として二〇万円の資本金で東京株式取引所は設立されました。大阪株式取引所も同年、五代友厚らによって開設されています。

渋沢栄一は株式取引所の設立を主張し、創立の働きかけはしましたが、「主義として投機事業を好まず、絶対に投機並びにこれに類似するものには一切手を染めぬ決心」（『青淵回顧録』）をもち、設立後は全く関係をもたず、銀行事業に寄せられた自らの責任を全うする経済人でした。

東京証券取引所

㈱東京株式取引所（渋沢史料館所蔵）

1888 年（明治 21）～ 1901 年（明治 34）に住まいとした兜町邸（渋沢史料館所蔵）

4 飛鳥山に居を構える

渋沢栄一は一八七九年（明治一二）に別荘を飛鳥山の一角に構えました。飛鳥山は八代将軍徳川吉宗により植樹された桜の名所で、ＪＲ京浜東北線・王子駅に隣接しています。一九〇一年（明治三四）には本邸とし、民間外交の場としても用いて来日した賓客を招き、一九三一年（昭和六）に亡くなるまで過ごしました。

「曖依村荘（あいいそんそう）」と呼ばれた邸内には、一九一七年（大正六）に清水組（現清水建設株式会社）から栄一の喜寿（きじゅ）の祝いに贈られた晩香廬（ばんこうろ）と、一九二五年（大正一四）に傘寿（さんじゅ）と子爵への昇格を祝って竜門社（りゅうもんしゃ）が贈った青淵文庫（図書館）も建てられました。「竜門社」とは、栄一のもとにいた多くの書生が研鑽を重ねるための団体で、尾高惇忠（おだかじゅんちゅう）が名付けたものです。栄一の死後、遺言により、曖依村荘は竜門社に寄贈されました。しかし、一九四五年（昭和二〇）四月一三日～一四日の空襲は飛鳥山にも及び、日本館、西洋館、茶室など多くの建物を焼失しました。

竜門社を継ぐ渋沢栄一記念財団は、調査・研究をもとに渋沢史料館の展示・講座等にて栄一の事績を伝え、旧渋沢庭園に残る晩香廬と青淵文庫を併せて公開しています。

王子駅と飛鳥山公園

飛鳥山公園の一角に建つ渋沢史料館

青淵文庫

日本館（渋沢史料館所蔵）

晩香盧

晩香盧前で救世軍ブース大将と 1907 年（明治 40）
（渋沢史料館所蔵）

5 日本経済を見守る「渋沢栄一像」

渋沢栄一は一九三一年（昭和六）一一月一一日に、九一年の生涯を閉じました。栄一の没後、財団法人渋沢青淵翁（せいえんおう）記念会（現渋沢栄一記念財団）が常盤橋（ときわばし）公園（東京都千代田区）を整備し、銅像は一九三三年（昭和八）の祥月命日（しょうつきめいにち）に建立されました。生前、自らの銅像を建てることを良しとしなかった栄一ですが、銅像制作は当時の日本の彫刻界をリードした朝倉文夫（あさくらふみお）によるものです。台座を含めて高さ六mあまり、フロックコートを着て右手に杖をもつブロンズ像は、第二次世界大戦中には金属供出のため撤去され、一九五五年（昭和三〇）に再建されました。

昭和の後期には、故郷・八基（やつもと）地区の方々が年に一度「中の家（なかんち）」の井戸水で銅像を清掃していました。郷里深谷の日本煉瓦製造株式会社上敷免（じょうしきめん）工場製の煉瓦を使用した日本銀行旧館を背にし、官を辞して実業界を導く足場とした第一国立銀行方面を向いて立つ栄一の銅像は、故郷と繋がりながら今日も日本経済を見守っています。

なお、常盤橋公園は、江戸城枡形門（ますがたもん）の一つであった常盤橋門の場所にあり、枡形石垣の一部は国指定史跡に指定されています。

日本煉瓦製造株式会社上敷免工場製の煉瓦を使用した日本銀行旧館

常盤橋公園の渋沢栄一像

6 喜寿を祝い建てられた誠之堂

渋沢栄一のブロンズレリーフがある誠之堂の大広間

渋沢栄一が創立した第一国立銀行は、一八九六年（明治二九）に第一銀行となります。一九一六年（大正五）、栄一は喜寿を迎えるにあたり第一銀行の頭取を辞任し、実業界を引退しました。行員たちは、栄一の喜寿を記念して、田辺淳吉の設計による誠之堂を同行の保養・運動施設「清和園」（世田谷区瀬田）内に建設しました。田辺淳吉は清水組（現清水建設株式会社）の技師長で、飛鳥山の渋沢邸に建てられた晩香盧や青淵文庫の設計にも携わっています。

壁には日本煉瓦製造株式会社上敷免工場製の煉瓦を積み、イギリス農家風の外観に東洋と和の拵えを加え、レリーフやステンドグラスなどに喜寿を祝う意匠が施されています。命名は渋沢栄一によるもので、『中庸』にある「誠は天の道なり、これを誠にするは人の道なり」にちなんでいます。

誠之堂は一九九九年（平成一一）八月、現在地（深谷市大寄公民館敷地内）に移築復元されました。そして、二〇〇三年（平成一五）五月には国の重要文化財に指定され、二〇一七年（平成二九）九月二一日に行幸啓を受け、誠之堂の北に行幸啓記念樹「高野槇」が植樹されました。

煉瓦を積んだ外装の誠之堂

喜寿を祝うレリーフとステンドグラス

7 大正ロマンの香る　清風亭

暖炉が据えつけられている清風亭広間

清風亭（せいふうてい）は、第一銀行にて渋沢栄一の後を継いで第二代頭取を務めた佐々木勇之助（ささきゆうのすけ）の古希を記念して、一九二六年（大正一五）、同行の保養・運動施設「清和園」内に、行員たちの出資によって建設されました。佐々木は渋沢栄一から「謙徳に富んだ方」と深く信頼され、栄一を終始補佐しました。

清風亭を設計した清水組（現清水建設株式会社）の西村好時（にしむらよしとき）は、第一銀行をはじめ数々の銀行関係施設のほか、東京三田にあった渋沢邸も手掛けています。一九九七年（平成九）に建物の取壊しの知らせを受けた深谷市では、関係者の同意を得て譲り受け、一九九九年（平成一一）に誠之堂と共に建築時同様の位置関係に移築復元されました。

清風亭は鼻黒煉瓦をあしらった白壁にスパニッシュ瓦を葺き、ステンドグラスの入った出窓のアーチに加え、ベランダにもアーチを取り入れています。初期の鉄筋コンクリート造りの建物として二〇〇四年（平成一六）三月に埼玉県指定有形文化財に指定され、二〇一七年（平成二九）九月二一日には誠之堂とともに行幸啓を受けました。

ステンドグラスを入れた出窓

出窓とベランダのアーチが目を引く清風亭

8 長瀞は天下の勝地　秩父鉄道

秩父鉄道・長瀞駅前には、渋沢栄一揮毫の「長瀞は天下の勝地」の碑が立っています。

秩父地方では、明治期に入り、秩父〜本庄間の県道と秩父〜熊谷間の県道が開通した後、鉄道の敷設を望む有力者らにより秩父〜熊谷〜館林を結ぶ路線が計画されました。一八九九年（明治三二）一一月に上武鉄道株式会社が設立され、熊谷〜寄居間は一九〇一年（明治三四）に、その二年後には波久礼まで開通します。資金が乏しくなった会社はその後の延伸について渋沢栄一に相談します。栄一は、採算性の調査をさせた上で財政再建と資金調達の具体策を指示して建設工事を続けられるようにし、一九一三年（大正二）一〇月の秩父大宮（現秩父）までの開通式に出席しています。一方で、栄一は鉄道がその地域の開発に貢献するよう、数多くの地方鉄道を支援しています。

一九一六年（大正五）に大宮町から秩父町へ名称変更されたことにより会社名を秩父鉄道株式会社と改称しました。現在は、羽生〜三峰口間の秩父本線と、貨物専用の三ケ尻線（二〇二〇年一二月三一日に一部営業終了）をもち、熊谷〜三峰口間にＳＬ観光列車も走らせています。

秩父鉄道 SL 観光列車

長瀞ライン下り

渋沢栄一揮毫の「長瀞は天下の勝地」の碑

渋沢宗助の名も刻まれる寶登山（ほどさん）神社

◆渋沢栄一が関わった主な会社

■銀行
第一国立銀行・第一銀行
日本銀行
東京貯蓄銀行
横浜正金銀行
熊谷銀行
黒須銀行

■手形交換所
大阪交換所
東京手形交換所

■興信所
東京興信所

■保険
東京海上保険株式会社
日本傷害保険株式会社
東洋生命保険株式会社

■諸金融機関
八基信用購買販売組合

■海運
東京風帆船会社
共同運輸会社
日本郵船株式会社

■陸運
東京鉄道組合
日本鉄道株式会社
上武鉄道(秩父鉄道)株式会社
東京地下鉄道株式会社
京阪電気鉄道株式会社
九州鉄道株式会社

■航空
日本航空輸送株式会社

■通信
日本無線電信株式会社

■綿業
大阪紡績株式会社

■蚕糸・絹織業
(官営)富岡製糸場
帝国蚕糸株式会社

■製麻・毛織・製帽
北海道製麻株式会社
東京毛織物株式会社
東京帽子株式会社

■製紙
抄紙会社・製紙会社・王子製紙株式会社
四日市製紙株式会社

■製革
日本皮革株式会社

■製糖
日本精糖株式会社

■麦酒醸造
札幌麦酒株式会社
大日本麦酒株式会社

■窯業
浅野セメント株式会社
日本煉瓦製造株式会社

■鉄鋼・精錬
東京製綱株式会社
日本鋼管株式会社
東洋製鉄株式会社

■造船・船渠
株式会社東京石川島造船所
函館船渠株式会社

■汽車製造
汽車製造株式会社

■化学工業
東京人造肥料株式会社
三共株式会社
電気化学工業株式会社
(財)理化学研究所

■瓦斯
東京瓦斯株式会社
名古屋瓦斯株式会社

■電気
東京電灯株式会社
広島水力電気株式会社

■土木・土地会社
日本土木会社
若松築港株式会社
田園都市株式会社
仙石原地所株式会社

■取引所
東京株式取引所
大阪株式取引所

■倉庫
渋沢倉庫部(渋沢倉庫株式会社)

■ホテル
帝国ホテル

■諸商工業・演芸
東京印刷株式会社
合資会社沖商会(沖電気株式会社)
帝国劇場

■鉱業
足尾鉱山組合
磐城炭礦株式会社
北越石油株式会社

■農・牧・林・水産業
十勝開墾株式会社
耕牧舎
大日本水産株式会社

■経済団体
東京商法会議所
(社)日本工業倶楽部
日本経済聯盟会

※『澁澤栄一事業別年譜 全』『渋沢栄一を知る事典』より作成

㈱帝国ホテル(渋沢史料館所蔵)

東京瓦斯㈱(渋沢史料館所蔵)

大阪紡績㈱(渋沢史料館所蔵)

Ⅵ　こころの風景

晩年の一コマ　新聞を読む栄一 1926 年（大正 15）（渋沢史料館所蔵）

❶ 福祉事業を生涯の仕事に

板橋区登録有形文化財に指定されている渋沢栄一の銅像

渋沢栄一は多忙の中でも度々養育院を訪問し、子供達や入院者を励まし、亡くなるまで院長の職を務めました。栄一の子・秀雄は「栄一には母の慈悲心(じひしん)が、社会組織という衣(ころも)を着て遺伝したのかもしれない」と述べています。

一八七二年(明治五)、ロシアの皇子が東京に来ることになり、市中に増加した生活困窮者や孤児らを保護する公的施設の養育院が創設されました。資金には寛政の改革を行った松平定信(まつだいらさだのぶ)が天災に備えて江戸町会所に七分積金(しちぶつみきん)制度を設けた基金が充てられました。東京市が引き継いだ基金は東京会議所の管轄になり、会頭であった渋沢栄一は一八七四年(明治七)に養育院事務掌理、その二年後には院長となりました。収容者が増加し、療養、社会復帰の手立てなどを行うために、板橋への移転や分院の建設を行う際、栄一の財政的手腕と貧窮者を助けて貧富の格差をなくそうとした信念が養育院には大きな力となりました。

板橋区の旧東京都養育院跡地に建つ東京都健康長寿医療センターの敷地内には、一九二五年(大正一四)に建立された渋沢栄一の銅像(一九六一年再建)があり、福祉事業を生涯の仕事にした足跡を残しています。

養育院は現在、東京都健康長寿医療センターになっている

栄一も出席した銅像除幕式 1925 年（大正 14）

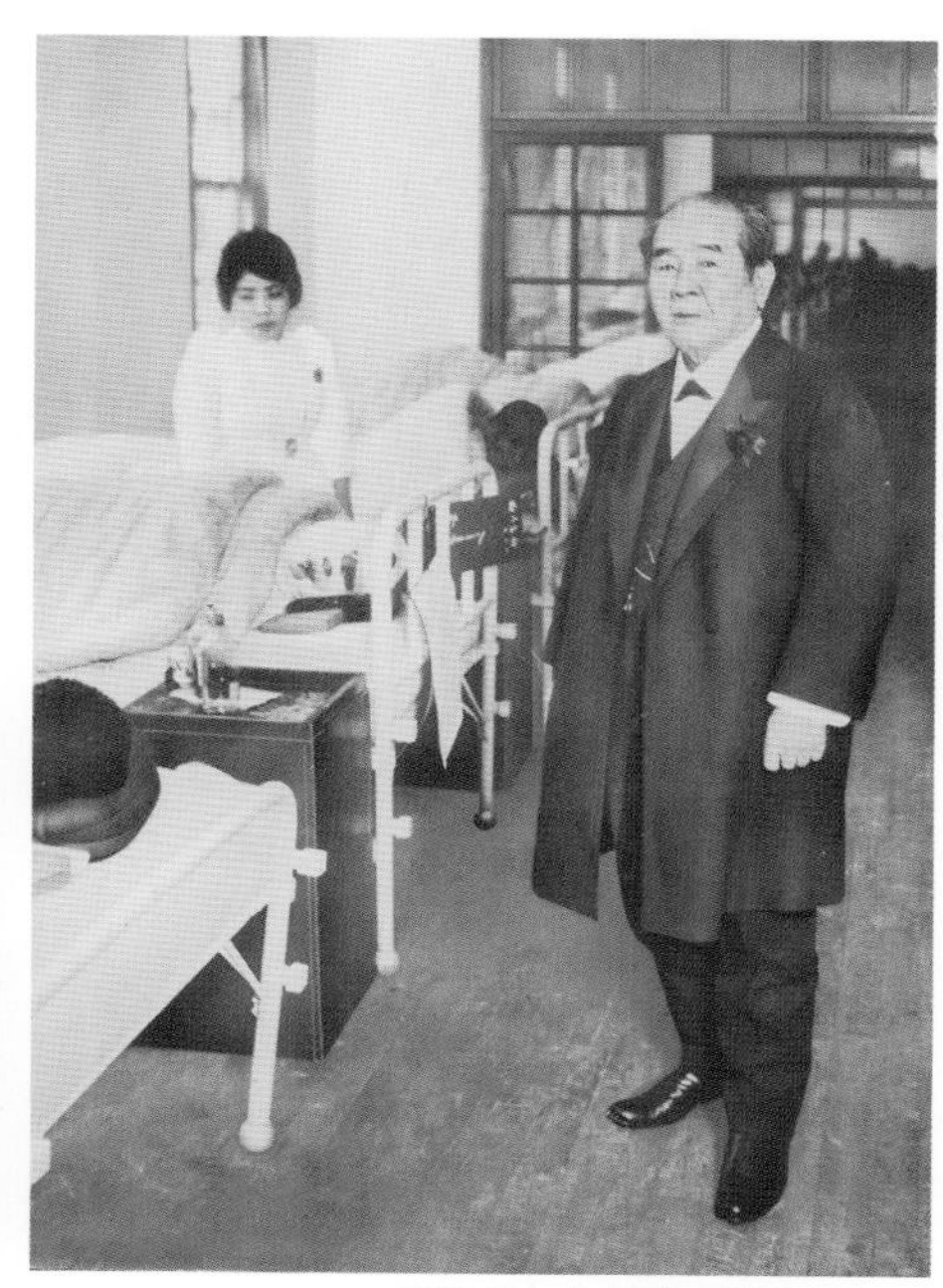

新築された板橋本院病室にて
1924 年（大正 13）（左右ともに渋沢史料館所蔵）

2 処世の道を『論語』に

従兄の尾高惇忠の塾にて七歳から『論語』を学び、『論語』を常に携え全文を暗誦したといわれる渋沢栄一は、一九二三年（大正一二）九月から二年五ヶ月の間、二松學舎にて自らの体験を加えて講義を行い、後に講義録『論語講義』が出版されました。栄一は、孔子の言葉は日常生活の上で実行すべきものであるとして処すべき道を『論語』に照らし、正当な道によらないで得た富は永続しないと実業界を指導したのです。

不動ヶ岡不動尊として知られる埼玉県加須市の總願寺敷地内には、一九二〇年（大正九）に有志により建てられた栄一の書による「論語碑」があります。栄一はその二年前に加須小学校、埼玉中学校（現県立不動岡高校）を訪れて児童・生徒に講話し、地元商工業者にも講演をしています。

總願寺山門を進むと不動堂がある

總願寺敷地内に立つ「論語碑」

碑に刻まれた『論語』・衛霊公第一五の言葉には、『論語講義』で、「その言を忠信にし、その行いを篤敬にすれば、即ち言行一如ならば人も我を信じ、我も敬す。これに反して言忠信ならず、行い篤敬ならざれば、人は我を信ぜず、郷里といえども事は行われない。」（一部を略）との解釈を述べています。栄一はこの教えを大切にし、息子には「篤」を、孫には「敬」を選んで命名したと伝わっています。

節分祭には大勢の参拝者でにぎわう總願寺不動堂

「論語碑」を訪ねた渋沢栄一 1922 年(大正 11)(渋沢栄一史料館所蔵)

3 明治神宮の森

一九一二年（明治四五）七月三〇日、明治天皇が崩御し、御陵は京都桃山に内定されました。これを受け、東京に明治天皇奉祀の神社を創建したいと考えた渋沢栄一は、東京市長の阪谷芳郎（栄一の娘・琴子の夫）や、東京商業会議所会頭の中野武営らと共に、各方面に働きかけました。政府は一九一五年（大正四）に明治神宮創建を正式に決定し、内苑を国費で代々木御料地に、外苑は国民の献金で青山練兵場に建設することになりました。栄一は同年九月に明治神宮奉賛会を組織し、副会長として寄付金集めに尽くしました。

神宮の森は林学者の本多静六（一八六六〜一九五二。三箇村・現埼玉県久喜市生まれ）らにより計画され、約一〇万本の献木と、述べ一一万人のボランティアによって造営されました。また、外苑に建設された聖徳記念絵画館には、栄一が献納した「グラント将軍と御対談の図」の壁画があります。

内苑と外苑からなる「神宮の森」は豊かな自然を湛え、明治神宮は二〇二〇年（令和二）に鎮座百年を迎えました。

神宮外苑

鎮座百年を迎えた明治神宮

渋沢栄一が献納した壁画もある聖徳記念絵画館

4 徳川慶喜公への恩 日光東照宮

尊王攘夷の企てを中止した渋沢栄一は、縁あって一橋家に仕官すると藩兵募集や藩財政改革に頭角を現しました。慶喜が第一五代将軍になり、弟・昭武のパリ万博派遣団に慶喜の推挙により加わりました。大蔵省から実業界に転じた栄一は慶喜の名誉回復に働くとともに、大政奉還の前後や戊辰戦争時に慶喜が戦力をもちながらも恭順に徹した事情などを、『徳川慶喜公伝』〔一九一八年（大正七）に刊行〕で明らかにし、慶喜への恩を終生忘れませんでした。

一方、徳川家康没後三百年にあたる一九一五年（大正四）、渋沢栄一は日光東照宮三百年祭奉斎会を組織して大祭を盛大に実行しました。自らの体験から論語を語った『論語講義』の中では、家康の歩んだ道のりを論語を読み解いて処世訓に生かしているものと大いに認めています。日光東照宮の参道には、一九二四年（大正一三）建立の「東照宮」と彫られた社号標があり、側面にまわると、「子爵澁澤榮一謹書」の文字が読めます。

また、幕府の老中を務め、七分積金制度を設けた松平定信を栄一は崇敬し、定信を祀った南湖神社（福島県白河市）の創設にも助力しています。

渋沢栄一の書による東照宮の社号標

日光東照宮陽明門

栄一の筆跡を使った南湖神社の社号標

日光東照宮
三百年祭
列席時の栄一
(渋沢史料館所蔵)

南湖神社

5 『群書類従』を後世に

温故学会会館玄関先の塙保己一像

盲学者の塙保己一（一七四六～一八二一。保木野村・現本庄市生まれ）は三四歳の時から四〇年かけて、日本の古代からの貴重な文献を集めて校訂した『群書類従』六六六冊を編纂しました。一七、二二四枚の版木は、明治期に一時、所在不明となりましたが、一九〇九年（明治四二）に発見されました。保己一の曽孫・忠雄から版木の保存を相談された渋沢栄一は、尊敬する同郷の人物であることから賛助を引き受け、「温故学会」が創立されました。

一九二三年（大正一二）の関東大震災で版木倉庫が倒壊すると、栄一は現在の温故学会会館の建設のために協力し、一九二七年（昭和二）の開館式に出席して「塙先生のような堅実な人物を育てなければならない」と述べています。また、栄一は「盲人でもこのような大事業をせられたのに私は恥ずかしいです」と語り、会議に五分でも遅れる時には必ず電話を入れ、会議を終えると会館屋上に上がって富士山を三十分ほど眺めていたといいます。

保己一の偉業を伝えた栄一の夢は、一九三七年（昭和一二）、ヘレン・ケラーの温故学会会館への訪問につながってゆきました。

温故学会会館に収蔵・保存されている『群書類従』の版木

栄一書「温故而知新」の額

温故学会会館

塙保己一肖像

⑥ 日米親善 ハリス記念碑

日米親善の歴史をもつ静岡県下田市の玉泉寺(ぎょくせんじ)境内に、「ハリス記念碑」があります。渋沢栄一はアメリカ駐日大使とその友人から記念碑建立の相談を受けると、ハリスが領事旗を立てた日に「自分の思うことが日本のために有益になるか」と記した日記（英文）と栄一の感想を碑に刻む考えを示しました。併せて寺の修繕にも助力し、一九二七年（昭和二）一〇月一日の除幕式には二日がかりで赴きました。

日米和親条約の締結後、下田にアメリカ領事が駐在することになり、一八五六年（安政三）、初代領事のタウンゼント・ハリスは玉泉寺に領事館を置きました。そして、日米修好通商条約の交渉には世界の情勢を説き、忍耐と誠実さをもって臨み、一八五八年六月に条約は調印されました。

栄一は、日本が封建制から立憲国になり、資源の乏しい国が貿易を増やしているのはハリスが誠意をもって臨んだ外交と通商交渉によるものと認め、一九〇九年（明治四二）の渡米実業団の訪問の際にはニューヨーク・ブルックリンにあるハリスの墓に詣でています。

太平洋戦争時、ハリス記念碑を壊そうとする人たちに対し、住職の妻が身を挺して碑を守った行為には、日米親善にかけた栄一の魂が宿っていたのではないかと感じます。

1979年(昭和54)6月27日 アメリカ合衆国ジミー・カーター大統領が訪れた玉泉寺

ハリス記念碑除幕式記念撮影（前列中央が栄一）1927 年（昭和 2）（渋沢史料館所蔵）

玉泉寺本堂

境内に立つハリス記念碑

玉泉寺にあるハリス記念館内の展示物

玉泉寺山門

7 友好の心　青い目の人形

熊谷市立熊谷東小学校所蔵のナンシー・ジェーンとハナ子

一九二七年（昭和二）三月三日、日米親善の懸け橋となるようにアメリカから贈られた「青い目の人形」歓迎式が、明治神宮外苑の日本青年館で行われました。渋沢栄一は、受け入れをすすめるために日本国際児童親善会を設立して各方面に協力を呼びかけ、日本側代表として一二、〇〇〇体ほどの人形を迎え、答礼人形と呼ばれる五八体の市松人形をアメリカに贈りました。

渋沢栄一は、アメリカで明治時代の後半頃から日本人移民問題が起こると、心を痛めていました。一方、約二五年間日本に滞在して、一九一三年（大正二）にアメリカに帰国した宣教師のシドニー・ギューリックは日米関係の改善を働きかけるものの、一九二四年（大正一三）に排日移民法が成立しました。ギューリックは、両国の親善のためには子供達が互いに文化を理解して交流することが必要と考え、人形の贈呈を計画し、旧知の渋沢栄一に相談したのです。

青い目の人形は各地の小学校や幼稚園で歓迎されました。日本が太平洋戦争に入るとその多くが失われましたが、全国で約三〇〇体が守られ、栄一らが願った友好の心を現在に伝えています。

青い目の人形を抱く栄一 1927年（昭和2）

ワシントンにおける歓迎会でのシドニー・ギューリック（後列中央）（上下とも渋沢史料館所蔵）

本庄市立藤田小学校所蔵の「青い目の人形」

答礼人形送別会での渋沢栄一　日本青年館にて 1927年（昭和2）（渋沢史料館所蔵）

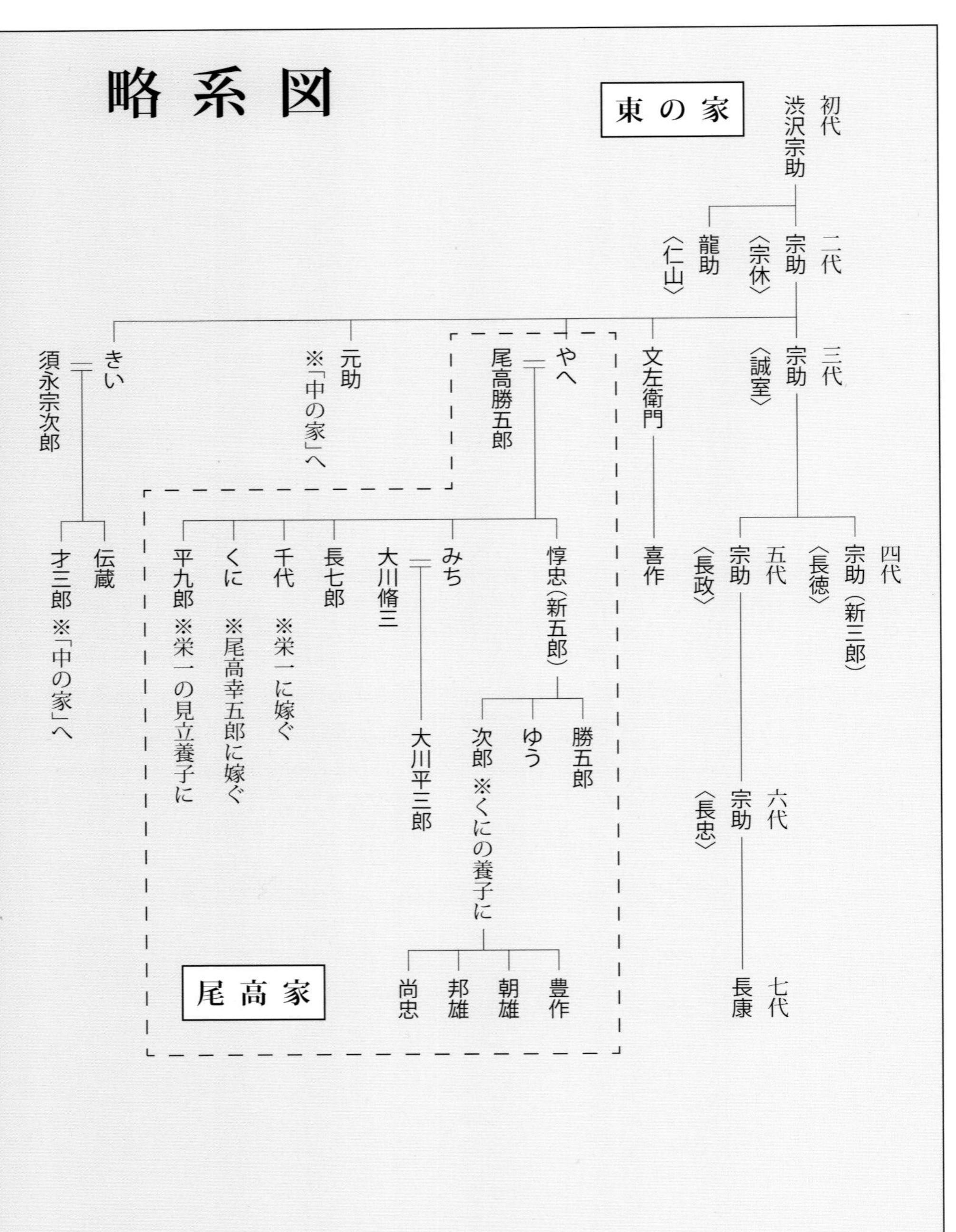

略系図
東の家
初代
渋沢宗助
二代
宗助
〈宗休〉
龍助
〈仁山〉
三代
宗助
〈誠室〉
文左衛門
やへ
尾高勝五郎
元助
※「中の家」へ
きい
須永宗次郎
四代
宗助（新三郎）
〈長徳〉
五代
宗助
〈長政〉
六代
宗助
〈長忠〉
七代
長康
喜作
惇忠（新五郎）
勝五郎
ゆう
次郎 ※くにの養子に
豊作
朝雄
邦雄
尚忠
みち
大川脩三
大川平三郎
長七郎
千代 ※栄一に嫁ぐ
くに ※尾高幸五郎に嫁ぐ
平九郎 ※栄一の見立養子に
伝蔵
才三郎 ※「中の家」へ
尾高家

渋沢栄一

中の家

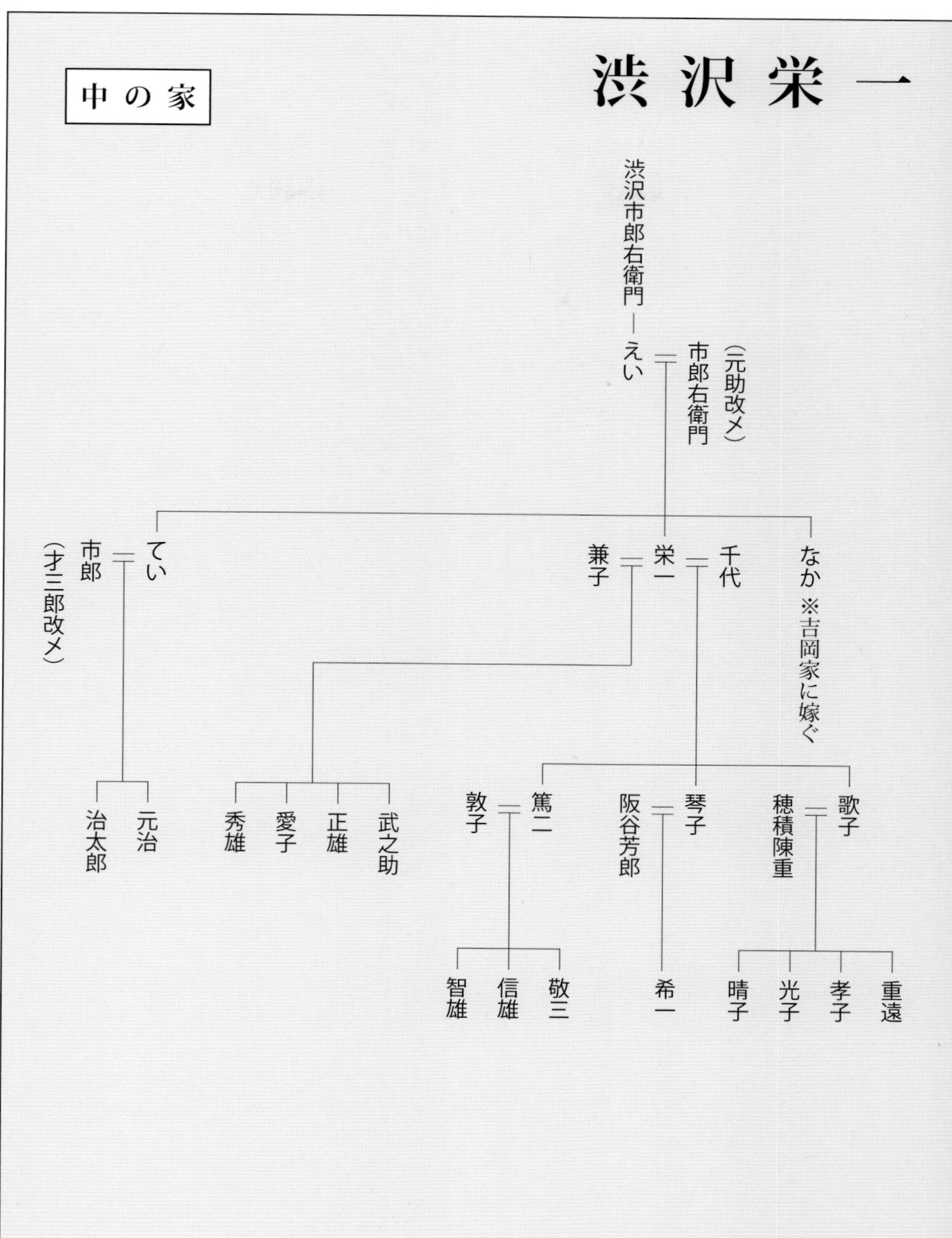

渋沢市郎右衛門
えい
市郎右衛門
(元助改メ)
てい
市郎
(才三郎改メ)
兼子
栄一
千代
なか ※吉岡家に嫁ぐ
元治
治太郎
武之助
正雄
愛子
秀雄
篤二
敦子
琴子
阪谷芳郎
歌子
穂積陳重
敬三
信雄
智雄
希一
重遠
孝子
光子
晴子

◎本書で紹介した施設等

◆渋沢栄一記念館
所在地／埼玉県深谷市下手計 1204
開館時間／９：00 ～ 17：00
休館日／年末年始（12 月 29 日～１月３日）
電話／ 048-587-1100

◆渋沢栄一生地・旧渋沢邸「中の家」
所在地／埼玉県深谷市血洗島 247 − 1
開館時間／９：00 ～ 17：00
休館日／年末年始（12 月 29 日～１月３日）
問合先／渋沢栄一記念館
電話／ 048-587-1100

◆尾高惇忠生家
所在地／埼玉県深谷市下手計 236
開館時間／９：00 ～ 17：00
休館日／年末年始（12 月 29 日～１月３日）
問合先／渋沢栄一記念館
電話／ 048-587-1100

◆日本煉瓦製造株式会社旧煉瓦製造施設
所在地／埼玉県深谷市上敷免 28 − 10
問合先／深谷市教育委員会　文化振興課
電話／ 048-577-4501

◆誠之堂・清風亭
所在地／埼玉県深谷市起会 110 − 1
（大寄公民館敷地内）
開館時間／９：00 ～ 17：00
休館日／年末年始（12 月 29 日～１月３日）
問合先／深谷市大寄公民館
電話／ 048-571-0341

◆深谷商業高等学校記念館
所在地／埼玉県深谷市原郷 80 番地
開館日／毎週日曜日（年末・年始を除く臨時休館あり）
開館時間／ 10：00 ～ 12：00
13：00 ～ 15：00
問合先／埼玉県立深谷商業高等学校
電話／ 048-571-3321

◆華蔵寺
所在地／埼玉県深谷市横瀬 1360
電話／ 048-587-2145

◆全洞院
所在地／埼玉県入間郡越生町黒山 734

◆武州中島紺屋
所在地／埼玉県羽生市大字小松 223
電話／ 048-561-3358

◆總願寺
所在地／埼玉県加須市不動岡２−９−18
電話／ 0480-61-0031

◆富岡製糸場
所在地／群馬県富岡市富岡１−１
電話／ 0274-64-0005

◆田島弥平旧宅
所在地／群馬県伊勢崎市境島村 2243
問合先／田島弥平旧宅案内所
所在地／群馬県伊勢崎市境島村 1968 − 40
電話／ 0270-61-5924

◆「内山峡」の碑
所在地／長野県佐久市内山肬水

◆渋沢史料館
所在地／東京都北区西ヶ原２−16−１
（飛鳥山公園内）
開館日／火、木、土曜日
開館時間／ 10：30 ～ 12：00
14：00 ～ 15：30
電話／ 03-3910-0005

◆温故学会会館
所在地／東京都渋谷区東２−９−１
電話／ 03-3400-3226

◆玉泉寺
所在地／静岡県下田市柿崎 31 −６
電話／ 0558-22-1287

◆日光東照宮
所在地／栃木県日光市山内 2301
電話／ 0288-54-0560

◆南湖神社
所在地／福島県白河市菅生館２
電話／ 0248-23-3015

※開館時間等については、各施設にお確かめ下さい。

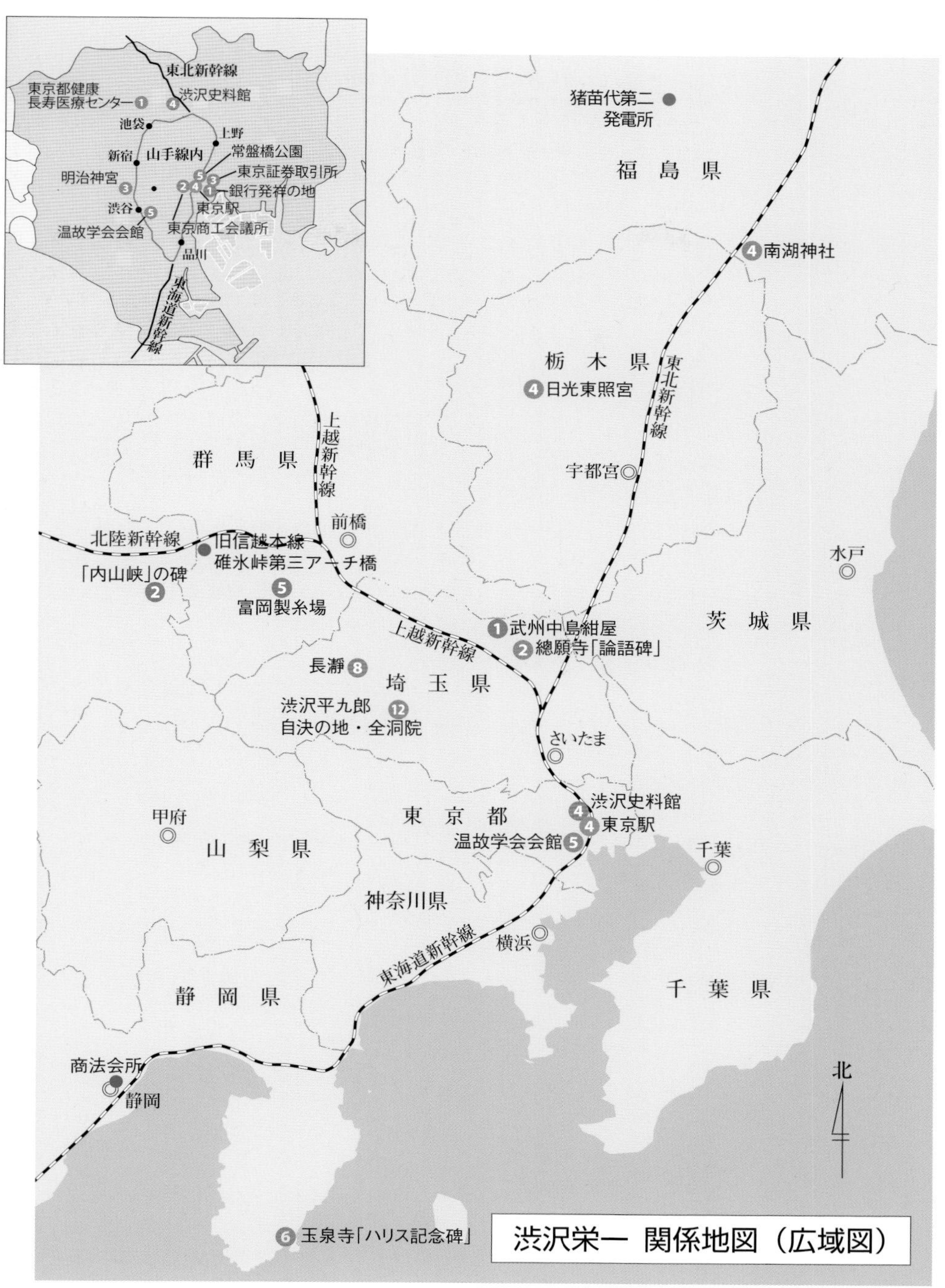

渋沢栄一 関係地図（広域図）

◎渋沢栄一　略年表

西暦	和暦	年齢	主なできごと	日本と世界の動き
1840	天保11年	0	2月13日、武州榛沢郡血洗島村（現・深谷市血洗島）に生まれる。父・市郎右衛門、母・えいの三男（市三郎→栄次郎→美雄→栄一と名を改める）。	アヘン戦争勃発
1845	弘化2年	5	この頃より、父に読み書きを教わり、学問の手ほどきを受ける。	
1847	弘化4年	7	従兄・尾高惇忠の塾に通い15歳までに『論語』『史記』『日本外史』などを学ぶ。	
1851	嘉永4年	11	3月、剣術（大川平兵衛の神道無念流）入門。	
1853	嘉永6年	13	家業の畑作、養蚕、藍玉製造販売に精励する。近隣農家より藍葉を買い入れる。	ペリーが4隻の軍艦を率いて浦賀沖に来航
1854	嘉永7年 安政元年	14	家業に精励。3月、叔父保右衛門に従って江戸に出て書籍箱と硯箱を購入するが、父に奢侈を戒められる。	ペリーが7隻の軍艦を率いて再び来航。日米和親条約
1855	安政2年	15	姉の病に関する迷信を論破する。	
1856	安政3年	16	父の名代として出向いた岡部陣屋にて御用金500両を申し渡される。	
1858	安政5年	18	尾高惇忠と信州方面へ藍玉の商いに行き、道中の詩を『巡信紀詩』にまとめる。従妹・千代（尾高惇忠の妹）と結婚。	日米修好通商条約 安政の大獄
1861	万延2年 文久元年	21	従兄・渋沢喜作と江戸で海保漁村の塾で学び、千葉道場に出入りする。	
1862	文久2年	22	「武州自慢鏡　勧進　藍玉力競」を作成し、藍作を奨励。	坂下門外の変 皇女和宮御降家
1863	文久3年	23	8月、長女・歌子誕生。高崎城乗っ取り、横浜焼き討ちを企てるが、従兄・尾高長七郎（惇忠の弟）の反対があり、激論の末計画を中止し、従兄・渋沢喜作とともに京都に出奔。	
1864	文久4年 元治元年	24	平岡円四郎の推挙で喜作とともに、一橋慶喜に仕える。	外国艦隊下関を砲撃 第一次長州征討
1865	元治2年 慶応元年	25	一橋家歩兵取立御用掛を命ぜられ領内にて400名余りの募集成功。	
1866	慶応2年	26	徳川慶喜、征夷大将軍となり、栄一は喜作とともに幕臣となる。フランス渡航に先立ち、義弟・尾高平九郎を見立養子とする。	薩長連合 第二次長州征討
1867	慶応3年	27	徳川昭武のパリ万博使節団に加わり、ヨーロッパ各国訪問にも随行、昭武の留学を補佐する。	大政奉還　王政復古
1868	慶応4年 明治元年	28	5月、渋沢平九郎、振武軍の参謀として新政府軍と戦い、黒山にて自刃（20歳）。明治政府より帰朝命令。11月、フランスより帰国。静岡で慶喜に面会。11月、尾高長七郎病死(30歳)。	戊辰戦争 （1868～1869）
1869	明治2年	29	静岡藩に「商法会所」設立。11月、明治政府に仕官、民部省租税正、改正掛掛長兼務。12月、家族と湯島に居を構える。	東京遷都 東京～横浜間に電信開通
1870	明治3年	30	2月、二女・琴子誕生。官営富岡製糸場設置主任となる。大蔵少丞。	平民に苗字使用許可
1871	明治4年	31	2月、宮中御養蚕所を設ける。大蔵大丞。紙幣頭兼任となる。『立会略則』発刊。父・市郎右衛門逝去（63歳）。	戸籍法制定　新貨条例 廃藩置県　岩倉使節団派遣 （1871.11～1873.9）

西暦	和暦	年齢	主なできごと	日本と世界の動き
1872	明治５年	32	大蔵少輔事務取扱。抄紙会社設立出願。『航西日記』刊行。10月、富岡製糸場操業開始、長男・篤二誕生。	学制公布　新橋～横浜間鉄道開通　太陽暦採用
1873	明治６年	33	井上馨とともに大蔵省退官。第一国立銀行開業・総監役。抄紙会社創立（後に王子製紙会社・取締役会長）。	国立銀行条例発布 地租改正条例布告
1874	明治７年	34	東京府知事より東京会議所共有金取締、養育院事務管理を嘱託される。母・えい逝去（63歳）	
1875	明治８年	35	第一国立銀行頭取。商法講習所創立。	
1876	明治９年	36	東京会議所会頭。東京府養育院事務長(後に院長)。深川福住町へ転居。	私立三井銀行開業
1877	明治10年	37	拓善会創立(後に東京銀行集会所・会頭)。王子飛鳥山に土地購入。	西南戦争
1878	明治11年	38	東京商法会議所創立・会頭（後に東京商業会議所・会頭）。東京株式取引所開業。	大久保利通暗殺
1879	明治12年	39	グラント将軍（元第18代米国大統領）歓迎会（東京接待委員長）。飛鳥山別邸にも将軍夫妻を迎える。	
1880	明治13年	40	博愛社創立・社員（後に日本赤十字社・常議員）。	国会期成同盟結成
1882	明治15年	42	４月、長女・歌子、穂積陳重と結婚。７月、千代夫人逝去(42歳)。	東京にコレラ発生、大流行 日本銀行開業
1883	明治16年	43	１月、伊藤兼子と再婚。大阪紡績会社工場落成・発起人（後に相談役）。	鹿鳴館開館式 上野～熊谷間鉄道仮開通
1884	明治17年	44	日本鉄道会社理事委員（後に取締役）。	華族令制定 上野～高崎間鉄道開通
1885	明治18年	45	日本郵船会社創立（後に取締役）。東京養育院院長。東京瓦斯会社創立（創立委員長、後に取締役会長）。	内閣制度制定 第一次伊藤内閣成立
1886	明治19年	46	「竜門社」創立。東京電灯会社設立(後に委員)。三男・武之助誕生。	
1887	明治20年	47	日本煉瓦製造会社創立・発起人（後に取締役会長）。帝国ホテル創立・発起人総代（後に取締役会長）。	
1888	明治21年	48	札幌麦酒会社創立・発起人総代（後に取締役会長）。東京女学館開校・会計監督（後に館長）。二女・琴子、阪谷芳郎と結婚。四男・正雄誕生。	
1889	明治22年	49	東京石川島造船所創立・委員（後に取締役会長）。	大日本帝国憲法公布
1890	明治23年	50	貴族院議員に任ぜられる。７月、三女・愛子誕生。	第一回帝国議会開会
1891	明治24年	51	東京交換所創立・委員長。	
1892	明治25年	52	東京貯蓄銀行創立・取締役（後に取締役会長）。10月、五男・秀雄誕生。12月、箱馬車乗車中に暴漢の襲撃を受ける。	
1894	明治27年	54	熊谷銀行創業総会（発起人）。	
1895	明治28年	55	北越鉄道会社創立・監査役(後に相談役)。長男・篤二、橋本敦子と結婚。	日清戦争（1894～1895）
1896	明治29年	56	日本精糖会社創立・取締役。第一国立銀行が営業満期になり第一銀行となる(引続き頭取)。日本勧業銀行設立委員。	

西暦	和暦	年齢	主なできごと	日本と世界の動き
1897	明治30年	57	澁澤倉庫部開業（後に澁澤倉庫会社・発起人）。	金本位制施行
1900	明治33年	60	日本興行銀行設立委員。男爵を授けられる。	
1901	明治34年	61	日本女子大学校開校・会計監督（後に校長）。東京・飛鳥山邸を本邸とする。尾高惇忠逝去（71歳）。	
1902	明治35年	62	3月、埼玉学生誘掖会創立総会・会頭。兼子夫人同伴で欧米視察。ルーズベルト大統領と会見。	日英同盟協定調印
1904	明治37年	64	風邪をこじらせ長期に静養。	日露戦争（1904～1905）
1906	明治39年	66	東京電力会社創立・取締役。京阪電気鉄道会社創立・創立委員長（後に相談役）。	鉄道国有法公布
1907	明治40年	67	帝国劇場会社創立・創立委員長（後に取締役会長）。	恐慌　株式暴落
1908	明治41年	68	アメリカ太平洋沿岸実業家一行招待。	
1909	明治42年	69	多くの企業・団体の役員を辞任。渡米実業団を組織し団長として渡米。タフト大統領と会見。	伊藤博文暗殺
1911	明治44年	71	勲一等に叙し瑞宝章を授与される。	
1912	明治45年 大正元年	72	1月、長男・篤二を廃嫡。ニューヨーク日本協会協賛会創立・名誉委員長。帰一協会成立。	
1913	大正2年	73	日本結核予防協会創立・副会頭(後に会頭)。日本実業協会創立・会長。黒須銀行創業15周年を記念して「道徳銀行」を揮毫。	徳川慶喜死去
1914	大正3年	74	日中経済界の提携のため中国訪問。明治神宮奉賛会創立準備委員長。	第一次世界大戦勃発
1915	大正4年	75	パナマ運河開通博覧会で渡米。ウィルソン大統領と会見。	
1916	大正5年	76	埼玉県人会第4回総会にて会長に推薦（欠席の栄一は後に受諾）。第一銀行の頭取等を辞め実業界を引退。日米関係委員会が発足・常務委員。	
1917	大正6年	77	浦和町・武徳殿にて講演。日米協会創立・名誉副会長。	事実上の金本位停止
1918	大正7年	78	渋沢栄一著『徳川慶喜公伝』（竜門社）刊行。	米騒動
1920	大正9年	80	国際連盟協会創立・会長。子爵を授けられる。	株式暴落（戦後恐慌）
1921	大正10年	81	ワシントン軍縮会議実情視察、排日問題善後策を講ずるため渡米。ハーディング大統領と会見。	
1922	大正11年	82	10月、深谷商業学校を訪れ、講演と記念植樹、「至誠」「士魂商才」を揮毫。11月、浦和高等学校開校式に臨席し、祝辞。	
1923	大正12年	83	大震災善後会創立・副会長。	関東大震災
1924	大正13年	84	日仏会館開館・副理事長。東京女学館・館長。	米国で排日移民法成立
1926	大正15年・昭和元年	86	日本太平洋問題調査会創立・評議員会長。日本放送協会創立・顧問。	
1927	昭和2年	87	日本国際児童親善会創立・会長。日米親善人形歓迎会を主催。下田の玉泉寺にタウンゼント・ハリス記念碑建立。	
1929	昭和4年	89	中央盲人福祉協会創立・会長。	世界大恐慌はじまる
1931	昭和6年	91	11月11日永眠。	満州事変

◎参考図書・参考文献等（発行年順）

『青淵回顧録』高橋重治・小貫修一郎（一九二八年・青淵回顧録刊行會）
『澀澤榮一傳』幸田露伴（一九三九年・澁澤青淵翁記念会）
『八基村誌』八基村誌刊行会（一九六二年）
『澁澤父子事蹟』山口律雄（一九七三年・澁澤父子遺徳顕彰会）
『中瀬河岸場』石原政雄（一九七五年）
『深谷市史　全』深谷市史編纂会（一九七六年・深谷市役所）
『新藍香翁』塚原蓼州・吉岡重三（一九七九年・青淵澁沢栄一記念事業協賛会・八基公民館建設推進協議会）
『深谷市史　追補篇』深谷市史編さん会編集（一九八〇年・深谷市役所）
『埼玉の先人　渋沢栄一』韮塚一三郎・金子吉衛（一九八三年・さきたま出版会）
『澁澤栄一事業別年譜　全』渋沢青淵記念財団竜門社（一九八五年・国書刊行会）
『渋沢栄一碑文集』山口律雄・清水惣之助（一九八八年・博字堂）
『雨夜譚』渋沢栄一（一九八九年・岩波書店）
『日本煉瓦一〇〇年史』日本煉瓦製造株式会社社史編集委員会（一九九〇年・日本煉瓦製造株式会社）
『幕末武州の青年群像』岩上進（一九九一年・さきたま出版会）
『論語講義』澁澤榮一・尾高維孝・二松學舎大學出版部（一九九四年・明徳出版社）
『埼玉県の近代化遺産―近代化遺産総合調査報告書―』埼玉県立博物館（一九九六年・埼玉県教育委員会）
『埼玉人物事典』埼玉県教育委員会（一九九八年・埼玉県）
『渋沢家三代』佐野眞一（一九九九年・文藝春秋）
『新時代の創造　公益の追求者・渋沢栄一』渋沢研究会（一九九九年・山川出版社）
『常設展示図録　渋沢史料館』渋沢史料館（二〇〇〇年）
『埼玉県の不思議事典』金井塚良一・大村進（二〇〇一年・新人物往来社）

『めざせ日本の近代化～日本の産業育てた渋沢栄一～』埼玉県立博物館（二〇〇二年）
『郷土再発見紀行　ふるさと岡部』岡部町商工会青年部（二〇〇二年）
『渋沢栄一とふるさとの人々』鳥塚惠和男（二〇〇四年・博字堂）
『公益を実践した実業界の巨人　渋沢栄一を歩く』田澤拓也（二〇〇六年・小学館）
『そだててあそぼう[18]　アイの絵本』日下部信幸・仁科幸子（二〇〇七年・農山漁村文化協会）
『つくってあそぼう[26]　藍染の絵本』山崎和樹・城芽ハヤト（二〇〇八年・農山漁村文化協会）
『渋沢栄一　日本を創った実業人』東京商工会議所（二〇〇八年・講談社）
『開国史蹟　玉泉寺』村上文樹（二〇〇八年・玉泉寺ハリス記念館）
『渋沢栄一　近代の創造』山本七平（二〇〇九年・祥伝社）
『深谷市の神社と寺』深谷上杉・郷土史研究会（二〇一一年）
『深谷市の史跡案内』深谷上杉・郷土史研究会（二〇一一年）
『島村の蚕種業と田島一族』ぐんま島村蚕種の会（二〇一二年）
『渋沢栄一を知る事典』渋沢栄一記念財団（二〇一二年・東京堂出版）
『蚕にみる明治維新　渋沢栄一と養蚕教師』鈴木芳行（二〇一三年・吉川弘文館）
『富岡製糸場と絹産業遺産群』今井幹夫（二〇一四年・KKベストセラーズ）
『そだててあそぼう[19]　カイコの絵本』木内信・本くに子（二〇一四年・農山漁村文化協会）
『尾高惇忠　富岡製糸場の初代場長』荻野勝正（二〇一五年・さきたま出版会）
『渋沢栄一を生んだ『東の家』の物語―渋沢栄一出世のルーツを探る―』新井慎一（二〇一七年・博字堂）
『人物叢書　阪谷芳郎』西尾林太郎（二〇一九年・吉川弘文館）
『渋沢栄一　上・下』鹿島茂（二〇一九年・文藝春秋）
『日本史リブレット人085　渋沢栄一　近代日本社会の創造者』井上潤（二〇一九年・山川出版社）
『父　渋沢栄一　新版』渋沢秀雄（二〇一九年・実業之日本社）
公益財団法人渋沢栄一記念財団ホームページ・渋沢栄一伝記資料
深谷市ホームページ　など

あとがき

幸田露伴をして「時代の児」と言わしめ、尾崎行雄が「頭が鋭く、よく考え、良く判断した。思いやりがあり、たくさんの仕事をした。」と評した渋沢栄一の風景を歩くことは、改めて栄一の生き方の大きさや考え方の奥深さ、行動力の広さと行為の重さを感じる体験となりました。

若き日の渋沢栄一は自分の意に反するような逆境の連続であり、実業会で生きる決意をした後も決して生易しい道のりではありませんでした。「正しいことをしてお金をもうけることは正しい」の考えのもと、「自分の利益、目先の利益だけでは人は幸せになれない」との理念を貫き通した生涯は、現代を生きる私達に社会の在り方や経済活動を見直す大切な視点になると思われ、渋沢栄一を単なるブームで終わりにしてはならないと痛感します。コロナ禍とも言われる昨今、自国優先のニュースも耳にしますが、渋沢栄一の九一年の生涯には疫病への対応や、格差の是正、平和への希求など、現代社会にも通ずる課題があり、栄一の風景には常に真正面から全力で課題に取り組んでいた姿が浮かび上がって来るからです。

取材を通して渋沢栄一のふるさとを思う心に触れる機会がさらに多くなり、ふるさと深谷の再発見もあり、伝統や文化、歴史遺産を引き継ぐことの大切さも、それらに関わってこられた多くの方々から学ぶことができました。

また、本書は栄一の風景を写真で訪ねるもので、写真の意匠は、素材、感性、技術によって完成されます。渋沢栄一の写真撮影にあたり、青年時代の栄一がどのような風土で人間的成長を果たしたかについて、鳥瞰的な視野を取り入れて、現代に残る史跡を中核にその人間像に迫る作品を心がけました。

ビジュアル的な切り口から、渋沢栄一を知っていただく機会になればと思っています。

さらに、渋沢栄一の思い描いた社会の在り方や経済活動がその理念をもとに活かされているかを考えたり、今回紹介したほかに渋沢栄一の風景を発見していただいたりする契機となれば幸いです。

おわりに、本書の構成に貴重な助言をいただいた渋沢史料館館長の井上潤様、校正にお力添えくださった荻野勝正様をはじめ取材にご協力をいただいた方々や関係機関の皆様にこの場を借りてお礼を申し上げます。そして、㈱さきたま出版会取締役会長の星野和央様、デザイナーの星野恭司様のご尽力により出版できたことに深く感謝申し上げる次第です。

二〇二〇年一一月

◎著者略歴

河田重三（かわた　じゅうぞう）
1957年、埼玉県深谷市生まれ。1979年、埼玉大学教育学部卒業。深谷市立深谷小学校教諭に赴任。その後、深谷市･熊谷市の公立小学校や、埼玉県立文書館、深谷市教育委員会に勤務。2017年、深谷市立桜ヶ丘小学校校長で退職。2018・19年、埼玉大学教育学部非常勤講師。2020年、深谷市立常盤幼稚園長に就く。なお、教職に専念する傍ら、渋沢栄一記念財団竜門社深谷支部の役員として渋沢栄一翁顕彰事業に長く携わっている。著書(共著)に「風土記さいたま」(1995年 さきたま出版会)、「埼玉県 謎解き散歩」(2011年 新人物往来社) がある。
埼玉地理学会会員。

清水　勉（しみず　つとむ）
1955年、埼玉県深谷市生まれ。1979年、東京理科大学理学部卒業。深谷市立幡羅中学校教諭となり、以来、埼玉県内の中学校や県、熊谷市、深谷市、妻沼町の教育委員会に勤務。2016年、深谷市立花園中学校校長で退職。関東経済産業局の『いっとじゅっけん』、埼玉県教育委員会の『彩の国の道徳』『埼玉教育』『教師になって第一歩』、埼玉県人会の『広報誌』、深谷市の『渋沢栄一こころざし読本』等に多数の写真掲載。『埼玉の美しい自然』(2016年 さきたま出版会)を発行。

◆使用機材
○Hasselblad　503cw・Sonnar 150mm、Planar 80mm、Distagon 50mm
○ニコンD 810、D 850、Z 7・14-24mm f2.8、24-70mmf2.8、70-200mmf2.8
○D J I Mavic 2 Pro

渋沢栄一の深谷　写真で訪ねるふるさとの原風景

2021年1月20日　初版第1刷発行
2021年6月10日　初版第2刷発行

著　　者　河田重三　清水勉
発 行 所　株式会社さきたま出版会
〒336-0022　さいたま市南区白幡3-6-10
電話 048-711-8041

ブックデザイン　星野 恭司

印刷・製本　関東図書株式会社

ISBN 978-4-87891-474-4　C0023